小学館文庫

遊《ゆ》戯《げ》神通《じんづう》 伊藤若冲

河治和香

小学館

有隠有隠名若冲　若冲という名の隠者あり
胸次淡々如碧空　その胸の内は淡々として碧空の如し

＊　＊　＊

聴君它日蔵名區　君に聴けば、いつかこの画をふさわしいところへ蔵《おさ》め
以竣千載具眼徒　見る眼のある人々を、千年でも待つという

川井桂山『大橋集』より一部抜粋

目次

I

明治三十六年（１９０３）
大阪　網島御殿

明治三十七年（１９０４）
伏見　油掛

Ⅱ

I

セントルイス万国博覧会　川島織物出展「若冲の間」　川島織物セルコン
川島織物文化館蔵

明治三十六年（1903）大阪　網島御殿

一　若冲の末裔

伊藤若冲《いとうじゃくちゅう》という江戸中期に活躍した絵師の丸い印章〈若冲居士《こじ》〉の印材は、〈うにこうる〉だったという。〈うにこうる〉とは……一角獣、すなわちユニコーンのことだ。

江戸時代、すでに一部の識者の間では、西洋にユニコーンという霊獣がいることは知られていた。もちろんそれが、この世には存在しない想像上の獣《けもの》であることも。

世に〈うにこうる〉と呼ばれるものがユニコーンの角ではなく、海にいるイッカクという生き物の長い牙《きば》であることを……おそらく若冲は知っていたことだろう。

この若冲の〈うにこうる〉の印は、鈕《つまみ》に獅子《ライオン》が彫刻されており、そこに紐をつけていつも腰帯に提げていたといわれている。

ところが、若冲が亡くなってちょうど百年後、十九世紀最後の年となる明治三十三年（一九〇〇）に、この印は忽然《こつぜん》と消えてしまったのだった。

京都の相国寺《しょうこくじ》での百回忌追悼会《ついとうえ》に、遺族から借り受けた〈若冲愛用の印〉が展示されていたことは記録に残っている。この百回忌のあと行方不明になり、その後の消息は杳《よう》としてしれない。

若冲の遺族が一家離散したことも一因であろう。

伊藤若冲の生家は、京の台所といわれる錦《にしき》の青物問屋〈枡源《ますげん》〉である。〈枡源〉は錦市場が形成された頃から存在する、いわば錦を代表する青物問屋のひとつであった。

それが若冲の時代から百年を経て、いつの間にか身代《しんだい》は傾き、当主夫妻が相次いで没したあとは借財ばかりが残った。跡を継いだ息子は金策と称して多額の借金を作ったまま大阪に出奔、先代の老いた妻はとうとう家の権利を売って、自らは伏見《ふしみ》の実家へと戻っていった。

「若冲はんの末裔《まつえい》が、アメリカの百万長者に落籍《ひか》されるそうやで」

そんな噂を、図案家の神坂雪佳《かみさかせっか》が耳にしたのは、若冲百回忌の三年後……明治三十六年のことである。

祇園新地《ぎおんしんち》の〈から子〉という舞妓《まいこ》が、襟替《えりか》えもせず根引きにされて異人に買われていくという。そのから子が、錦の〈枡源〉の娘だというのだった。

雪佳は一度だけ、その舞妓の姿を見かけたことがある。

たしかあれは友禅《ゆうぜん》の染屋の寄り合いの帰りだったか……京都市立美術工芸学校で一緒に教鞭をとっている岡島卯三郎《おかじまうさぶろう》と連れだって、舞妓を屋形《やかた》に送りがてら、酔い醒ましに暗い夜道を歩いているときだった。

お座敷遊びもいいが、こうして盛装した舞妓を連れて月夜の石畳をそぞろ歩くのも情緒があっていいものだ。

向こうの露地《ろじ》の闇の中からこっぽりの音と、男たちの笑い声が響いてきた。

「から子ちゃん」

暗い露地から浮かび上がるようにやってきた芸妓《げいこ》と舞妓の姿に素早く気付いて、雪佳たちの連れの舞妓が先に声をかけた。

「あ、こんばんは」

から子も気付いて小さく頭を下げると、連れだっていた若い芸妓も、

「こんばんは」

と、丁寧に頭を下げた。まだ襟替えしたばかりという様子の芸妓と、いささか薹《とう》が立ちはじめている舞妓は、実際にはほとんど同じ年頃なのだろう。それが芸妓と舞妓姿なのが実に美しい取り合わせであった。

この芸妓と舞妓の二人も、客に送られて座敷から帰るところであったらしい。

「やぁ、雪佳先生……」

二人連れの男の一人に、雪佳は声をかけられた。

男は日本郵船《にっぽんゆうせん》のニューヨーク支店に勤める三原繁吉《みはらしげきち》であった。もう一人は白人の男性で、暗闇の中からぽっと浮かび上がった舞妓の姿に無邪気な歓声を上げている。異国からの旅人を祇園に案内した帰りだろうか。

「これは三原さん……日本にお戻りでしたかいな」

ふだんから友禅や西陣の図案を描いている雪佳は、先年、日本郵船の豪州航路客船、日光丸《にっこうまる》の室内調度の意匠を担当したことがあり、当時、調度部にいた三原とはその頃からの知人であった。三原は、文久《ぶんきゅう》二年の生まれだというから、四十をいくつか出たところだろうか。海外生活が長いだけあって、物腰はやわらかで洗練されている。三原はその後、神戸《こうべ》支店の副支配人を経て、現在はニューヨーク支店に勤務していた。日本に戻ると、どんなに忙しくても京の祇園や大阪の南地《みなみ》に一度は顔を出さないと気がすまないという粋人《すいじん》でもある。

「異国の地から戻ると、しみじみ女は上方《かみがた》だと思うね」

しっとりと落ち着いた趣《おもむき》が、異国の地ですり減らした神経を休めるのにはちょうどいいのだという。

雪佳たちの連れの舞妓は、「雪香《ゆきか》ねえさん、襟替えしはって、おめでとうさんどす」と愛想良く挨拶し、芸妓も「おおきに」と細い目をますます細めてにっこりしている。

舞妓というものは愛玩動物のようにかしましく笑いさざめく存在であるはずなのに、から子は、その中でひとり愁《うれ》いを帯びた瞳で瞬《まばた》きもせず闇の中に突っ立っていた。その眼差《まなざ》しが、灰がかったような不思議な色に見えた。物憂《ものう》げな表情が、いっそう瞳の色に影を作っていた。

「……今のが若沖はんの末裔や」

三原たちと別れたあと、その後ろ姿を見送りながら、岡島は雪佳にそっと呟《つぶや》いた。

岡島は美術学校では染色を教えているが、もともとは京友禅で名の知れた〈岡重《おかじゅう》〉の当主であるから花街の裏事情には詳しかった。

「え？　……どっちの妓《こ》ォや？」

「舞妓の方や……そやろ？」

岡島は連れの舞妓に尋ねた。

「へぇ、そうどすなぁ。から子ちゃんは、錦のお生まれやて聞いてますけど……うちは、尾野亭《おのてい》には行かしまへんさかい、よう知らへんのどす……」

そう言って舞妓は口ごもった。言外に、自分は尾野亭に呼ばれるような舞妓ではないという心持ちが滲《にじ》んでいる。

縄手新橋上《なわてしんばしあが》ルにある尾野亭というお茶屋は、外国人ばかりを客にするので、そこに招かれる芸妓や舞妓は、仲間内では一流とみなさない風潮があるのだった。

〈若冲はんの末裔〉が……。

たっぷりとした黒髪、眉が濃く彫りの深い顔立ちに大きな瞳……その吸い込まれるようなまっすぐな視線には、人の心をとらえて離さない不思議な神通力《じんづうりき》があるようだった。

それにしても……。

伊藤若冲が生涯をかけて完成させた『動植綵絵《どうしょくさいえ》』全三十幅は、若冲自身によって相国寺に寄進されていたのだが、幕末の混乱と、明治の廃仏毀釈《はいぶつきしゃく》のあおりを食らって相国寺が困窮したのを見かねて、数年前、お雇い外国人の誰か……それは、おそらく東京美術学校のフェノロサか、帝大医学部に招かれ日本美術の蒐集家《しゅうしゅうか》としても著名なビゲロー博士だろうと噂されていた……が買い取ってアメリカに送ろうとしたという。だが、相国寺はこの異人からの申し出を断り、釈迦三尊像《しゃかさんぞんぞう》を除く全三十幅を明治天皇に献納した。その見返りとして宮内省から金一万円が下賜《かし》され、結果として相国寺は、この『動植綵絵』によって、その命脈を保ったのであった。

若冲の絵ばかりでなく、その血を引いた娘までが根引きにされてこの京の町から連れ去られようとしている。雪佳がなんともやりきれない気持ちになったのは、あるいは、この町に生まれ育った者にしかわからない一種の感傷であったのかもしれない。

二　セントルイス万博

その若冲の『動植綵絵』が、川島織物《かわしまおりもの》で綴織《つづれおり》の壁飾《かべかざり》……西洋風にいえば〈タペストリー〉というものになるということを雪佳が耳にしたのは、明治三十六年の秋も深まる頃であった。

雪佳が、川島織物の二代川島甚兵衞《じんべえ》との打ち合わせのため堀川一条《ほりかわいちじょう》にある〈川島織場《おりば》〉に出かけていったとき、ちょうどその『動植綵絵』の綴織壁飾が製作中だったのである。

「おや、三原さん……」

織場には、思いがけないことに日本郵船の三原繁吉の姿があった。

翌年、アメリカのセントルイスで開催が予定されている万国博覧会に、日本郵船では独自のパビリオンを展開することになっていた。その企画の中心人物がニューヨーク支店の三原だった。

日本郵船のパビリオンのテーマは……〈伊藤若冲〉。

請け負った川島甚兵衞は、宮内省から許可を得ると、図案考案部の奥田瑞寛《おくだずいかん》らに十ヶ月もの月日をかけて御物《ぎょぶつ》である『動植綵絵』を模写させた。その中から織物にしたときに効果的な図柄十五幅を選び、綴織で織り上げる予定であった。

さらに天井は、信行寺《しんぎょうじ》に現存する若冲の描いた『花卉図《かきず》』を模写した刺繡《ししゅう》で埋め尽くし、カーテンや絨毯《じゅうたん》はもちろん、壁にも綴織を張り付け、部屋の中の物は、彫刻、漆《うるし》、什器《じゅうき》にいたるまですべて特注で誂《あつら》えるのだと川島は語った。

まさに若冲尽くしの部屋が、セントルイスに出現するという。

「……若冲の間《ま》」

雪佳は意外な面持ちで、思わず口の中で反芻《はんすう》した。

「なんで若冲はんを……」

当時……没後百年の歳月を経て、〈伊藤若冲〉の名は忘れ去られつつあった。若冲は、ごく一部の美術愛好者と、あとは京都の呉服業界の中で、〈若冲はん〉と呼ばれ、細々と語り継がれていた存在に過ぎない。

明治初年の絵画の相場をみれば、若冲の作品は、狩野探幽《かのうたんゆう》や円山応挙《まるやまおうきょ》などには遙《はる》かに及ばず、同時代に活躍した文人の木村兼葭堂《きむらけんかどう》の余技のような絵よりも、さらに低い値をつけられていた。

……なぜ若沖なのか。

美術に関係する人々であれば、誰もが首をかしげたに違いない。

「三原さん、万博に若沖はんを持っていかはるいうんは……ずいぶん思い切ったこと考えはりましたなぁ」

「雪佳先生、なんといっても『動植綵絵』は、御物ですからね」

おそらく同じような質問に何度も答えたであろう三原は、そう言って微笑した。

三原繁吉は、日本郵船社長、近藤廉平《こんどうれんぺい》の懐刀《ふところがたな》といわれていたにもかかわらず、ふだんはほとんど表に出ることがなかった。日本郵船の重役たちは、その母体である三菱《みつびし》の創設者岩崎弥太郎《いわさきやたろう》と同じ土佐の武士階級の出身者が多い。しかし、その中にあって、三原は長崎の漁民の出であった。しかも、もともとはアメリカ資本の太《たい》平洋汽船《へいようきせん》の船長だった男である。開国以来、日本近海の海運を支配していた太平洋汽船は、のちに日本郵船によって買収され、そのときに三原も移籍してきたのであった。

しかし、かつて日本郵船と太平洋汽船がライバルだった頃、横浜から上海《シャンハイ》までどちらが速く到着するかという熾烈《しれつ》な競争をしていたとき、日本郵船の船長たちがもっとも恐れた太平洋汽船の船長は、アメリカ人ではなく日本人の三原だったという。

その頃の実業家についての月旦評《げったんひょう》を紐解《ひもと》くと、三原を評して曰《いわ》く「厳正苛酷《げんせいかこく》の木強漢《きょうかん》にして稀有《けう》のビヂネスマン」という記載が見られる。

当時、日本郵船の海外支店というのは一海運会社の支店というだけでなく、日本という国家の飛び地のごとく、政治・経済・文化の拠点であり、支配人はそのさまざまな交流の差配役でもあったのだろう。

おそらく世界に通ずるビジネスマンの先駆たる三原は、一方で厳正苛酷の木強漢……一徹で無骨な九州男児として知られており、また長年の船上生活で鍛えた卓越した英語力と実行力、何よりも自国の文化に深い造詣《ぞうけい》を持ち合わせた国際人だった。

この日、雪佳が三原とともに目にしたのは、『動植綵絵』の〈紫陽花双鶏図《あじさいそうけいず》〉である。若冲の原画は、彼がもっとも得意とした雌雄の鶏と、その上部にはアジサイ、下部にはツツジやバラの花が隙間《すきま》なくみっちりと……そしてそれらは超人的な精緻《せいち》さ、細密さで描かれている。

雪佳にとって、その〈紫陽花双鶏図〉のタペストリーは衝撃的であった。

「タペストリーになった『動植綵絵』は……ある意味で、若冲はんの本物《ほんまもん》を超える出来かもしれまへんなぁ」

もちろん若冲が描いた『動植綵絵』はすばらしい。

だが、異国の人にとっては、絹本《けんぽん》に描かれた本物よりも、タペストリーの方が、受け入れられやすいであろうことは雪佳にも想像がついた。

しかもそのタペストリーは、〈割杢《わりもく》〉と呼ばれる糸の濃淡による暈《ぼか》しの技術によって、より緻密《ちみつ》に若冲の絵を再現していた。

いや……織物という特性から、実物の絵とは別の妙な立体感があったのである。絹の光沢が作品に独特な質感を与えていた。

若冲の時空を超えたデザイン性、そしてそれを精密に再現する日本の超絶した技術を、この『川島織物の動植綵絵』は、あますことなく表現していた。

数ヶ月後には、タペストリーとなった『動植綵絵』は、日本郵船の船に揺られてセントルイスへと旅立ってゆくことだろう。

「雪佳先生……」

三原は、タペストリーの前で立ち尽くしている雪佳に静かに声をかけた。

「きたるセントルイス万博は、もうひとつの戦場になります」

「……え？」

このとき、日本と大国ロシアとの開戦は秒読み段階に入っていた。

頼みの綱は、同盟各国からの戦費調達である。

すでに時の日銀副総裁高橋是清《たかはしこれきよ》は、戦争国債の交渉のために太平洋を渡っていた。

どれだけアメリカから戦費を調達できるかが、最大の鍵になっていた。

「三原君、セントルイス万博で是が非でも、日本が欧米に劣らぬ……いや文化面では欧米さえ凌駕《りょうが》するほどの一流国であることを示さねばならぬ。今回の万博は戦場だと認識しておいてほしい」

高橋は、アメリカに発《た》つ前に三原を呼んでそう言い含めていた。

若い頃、アメリカに奴隷として売られ苦学した高橋は、三原が太平洋汽船に一介の水夫として潜り込み、叩《たた》き上げで船長になるまでの苦労を知っている古い友人の一人でもあったのである。

川島織物ではさらに、同じセントルイス万博の日本館内に展示予定の綴織タペストリーも目下製作中だった。こちらもぜひ見てほしいと川島甚兵衛に案内された雪佳と三原は、その光景を目の当たりにして息を呑《の》んだ。

「これは……」

織機の前にずらりと並んだ織子たちが息を揃《そろ》えて壁一面のタペストリーを織り上げている。ピンと張った縦糸に横糸を織り込んでいく作業は、織りに時間をかけすぎると縦糸が切れてしまうという。作業は丁寧さを求められるだけでなく、時間との勝負でもあった。

京都で随一の織物の老舗である川島織物は、江戸時代から続く綴織だけでなく、明治になってからは、いち早く当主自らがフランスに視察に赴《おもむ》き、ゴブラン織りなどの技術を研究し、室内装飾品としての織物の輸出に努めていた。

その川島織物でも、横三メートル、高さ三メートル八十センチにも及ぶ巨大なタペストリーの製作は今まで例がない。

まさに全社をあげて必死に取り組んでいる日本館の綴織壁飾の画題は……『蒙古《もうこ》襲来《しゅうらい》』。

鎌倉時代の蒙古襲来に名を借りてはいるが、要するに〈神風《かみかぜ》〉の図である。あきらかに日露開戦を意識して考えられた図柄であった。

万国博覧会というものが国威発揚の場であり、殖産興業の中で織物が外貨の稼ぎ頭であるという現実を考えたとき、「若冲をタペストリーにする」という発想は、三原繁吉という当代一流の実業家であり、同時に外交官であり、そして美術蒐集家であった男と、二代川島甚兵衞という織物の伝統技術を輸出工芸というジャンルに昇華させた男の出会いによって、はじめて実現可能になった企画であったといえるかもしれない。

雪佳のように京都に生まれた人間にとって〈若冲はん〉は、あまりにも身近すぎる存在だった。それが半ば外国人の目を持つ三原と、海外を見てきた京都人の川島によって、改めて見いだされ、海外の檜舞台《ひのきぶたい》へと躍り出てゆこうとしている。

探幽でもなく、応挙でもなく、〈若冲はん〉が世界に……。

それは、雪佳にとって鮮やかな驚きであった。

川島織物の帰り、雪佳は三原に誘われるまま祇園へと向かった。三原が行きつけの店は、いつもの尾野亭である。

「三原さん……先ほどのタペストリーどすけどな」

雪佳は、三原と肩を並べて歩きながら、ふと思いついたことを口にした。

「タペストリーいいましたら、ふだんの日本の生活には馴染《なじ》みのないもんかもしれまへんけど……京都は祇園祭《ぎおんまつり》いうのがおます」

三原は怪訝《けげん》そうな顔をした。

祇園祭の山鉾《やまほこ》は壁面を織物で飾る。その中のいくつかの山鉾には、十六世紀の頃、遠くヨーロッパで織られたゴブラン織りのタペストリーが懸装品《けんそうひん》として……胴懸《どうかけ》、水引《みずひき》、前懸《まえかけ》などに分断されて利用されていることは、京の町衆の間では広く知られていることであった。

なぜ、それほど古いタペストリーが、海を越え、何百年という年月を経て、今なお祭りの鉾《ほこ》を飾っているのか……。

雪佳はその二年前、英国のグラスゴーで開催された万博の帰途、欧州を視察した際に訪れたフランスのクリュニー美術館で、何年か前までフランスの古城に飾られていたというタペストリーを見た。貴婦人とユニコーンの姿が千花紋《ミルフルール》を背景に描かれた六枚の連作で、それを見たときに、まず雪佳が連想したのは祇園祭の鉾を飾る懸装品となったタペストリーのことであった。

「なるほど。ヨーロッパの文明は絹の道を通って、京はその終着地となったわけですね」

三原は面白そうに笑った。

若冲の絵がタペストリーになっても違和感なく、ますます輝きを放つのは……もしかしたら若冲という絵師が、京都という土壌に育てられたことも関係しているように、雪佳には思われるのだった。

三　増花

「まぁ、三原はん。おかえりやす。さっきまで、モルガンはんとビゲローはんがおいでやしてたんどすえ」

尾野亭に着くと女将《おかみ》が、そんなことを言いながら迎えに出た。

「なんだ、お雪さんも一緒かい？」

「いいえ、雪香はんは、モルガンはんとのことが新聞に出てから、めきめき売れ出して、あっちゃこっちゃのお座敷から引っ張りだこどしてなぁ。そらえらいことどす」

雪佳は聞くともなしにその会話を聞いて苦笑している。

「ビゲローいうたら、若沖はんの『動植綵絵』だけやのうて、芸者もアメリカに買《こ》うて帰る手伝いしてはるんか」

雪佳が冗談交じりに言うと、三原は「違う違う、ビゲローはビゲローでも、モルガンの顧問弁護士のビゲローは、帝大のビゲロー博士の実の弟だよ」と大声で訂正した。

「なんや弟さんやったんか。わては、てっきり同じビゲローさんやと思うてました」

噂というのは、かくのごとくいい加減なものであるらしい。

「アメリカの富豪に落籍《ひか》されはるんも、若沖はんの末裔やて聞いてましたんやけど……」

雪佳が改めて三原に尋ねると、三原は弾《はじ》けたように笑った。

「いや、はじめは本当に、若沖の末裔のから子のつもりだったんだ。それが、とんだ増花《ますはな》ができてしまいましてね……」

実は、若沖の末裔、祇園のから子を根引きしようとしたというアメリカの富豪は、かつて雪佳が夜道で出会った晩、三原と一緒にいた若い白人男性で、そもそもこのロマンスのお膳立てをしたのは三原であったという。

アメリカの資産家であるこの青年が手痛い失恋に意気消沈しているのを見かねて、心やさしい京美人で心の傷を慰めてやろうと三原は画策したのである。

「三原さん、あんたも物好きどすなぁ」

雪佳が呆《あき》れて聞いていると、三原は思いがけなく真面目な顔になった。

「雪佳先生、時節柄ですよ……時節柄」

かのアメリカの富豪というのは、モルガン財閥の総帥《そうすい》であるジョン・ピアモント・モルガンの甥《おい》にあたる。モルガン財閥は金融を牛耳《ぎゅうじ》っているだけでなく、鉄道、そして大西洋のヨーロッパ航路も掌握する巨大トラストであり、三原のいる日本郵船とも密接な関わりがあった。

時節柄、と三原が言ったのは、ロシアとの開戦が秒読みになっているという状況を示唆しているのだろう。実際、アメリカの銀行からの融資が今後の戦況を左右するとみられていた。

三原は、当初、舞妓のから子をモルガンに落籍させてアメリカに連れていくつもりだった。大輪の花の蕾《つぼみ》のようなから子ならば、洋装がよく似合い、アメリカの上流社会でも引けを取らないと思ったのである。

ところが、座敷には舞妓だけ呼ぶわけにもいかないので、年の近い雪香という芸者を一緒に呼んだところ、モルガンは、この目が糸のように細い芸妓の方に心奪われてしまったのだった。

もっともモルガンは、祇園だけでなく、東京では紅葉館のお鹿《しか》さんという京女に熱を上げ、京に来てからも島原小林楼《しまばらこばやしろう》の雛窓太夫《ひなまどだゆう》を五百円で親元根引きにしたり、あちこちで女を求めている。

「どう見ても、若冲はんの末裔の方が別嬪《べっぴん》さんやけどなぁ」

雪佳がぼやくと、三原も苦笑した。

「ははは、そりゃあ誰が見たってから子の方が上等だよ。ところが異人さんは、雪香みたいな細い目の女の方が日本人らしくていいというんだな……」

これは三原も意外であったらしい。

「まぁ、男女の好みはそれぞれという。アメリカの富豪は、絵描きの末裔より、刀《かた》鍛冶《かじ》の娘の方がよかったんでしょう」

割を食ったのは、から子である。

売れっ子になってお座敷から引っ張りだこの雪香をよそに、から子は祇園で褄替えもせず、ひっそりと消えていった。

「なんや気の毒なことしはりましたなぁ、三原さん」

雪佳は、落剝《らくはく》した若冲の末裔という舞妓の、ぽつりと暗闇に突っ立っていた姿を思い出した。

「それが、そうでもないんだ」

三原は、きれいに整えた鼻の下の髭《ひげ》を指先で触りながら鼻先で笑った。

「彼女、大阪で、たいへんな旦那《うしろ》をつかまえたようですよ」

三原は、雪佳にそう言うと親指を突き出してみせた。

異国で活躍している日本人は、眼に力があると雪佳は思う。

三原は、西洋人のようなバタ臭い顔立ちでいて、どこか伝法《でんぽう》で洒脱《しゃだつ》な面があった。

から子は、今は大阪南地《みなみ》の富田屋《とんだや》から〈玉菜《たまな》〉と名を変え芸者に出ているという。

四　富田屋玉菜

三原繁吉が久しぶりに彼女の姿を見たのは南地の花街ではなく、日本郵船社長の近藤廉平のお供で、大阪の政商藤田傳三郎《ふじたでんざぶろう》をその邸宅に訪ねたときだった。つい数日前のことである。

日露関係の緊張感が増す中で児玉源太郎《こだまげんたろう》参謀次長から近藤に電報が来た。万が一、ロシアとの開戦になったときは、無償で船舶を政府に供用する旨願い出ることを、大阪の藤田ともども協議せよ、という無理難題であった。

さらに協議相手の藤田がむずかしい男で、〈籠城《ろうじょう》主義〉といわれるほどの人嫌いのため、人前に出ることがほとんどない。

ちょうど日本に一時帰国していた三原は、そのことを聞きつけると、あっという間に手際よく藤田と話をつけた。

三原は、玉菜が大阪の富田屋の抱えになるとき、いろいろ骨折りをしたのであったが、そのうちに藤田傳三郎という政商が玉菜に目をつけてパトロンになったらしいという噂を知っていたのである。

その日、大阪の網島《あみじま》にある広大な邸宅では、富田屋から〈遠出《とおで》〉してきていた玉菜が、藤田と一緒に待ち受けていた。

本題の結論は、呆気《あっけ》ないほどすぐに出た。

「我社は営利を目的としている会社なので、いくら国の存亡に関わるからといっても無償で供用は御免被る《ごめんこうむる》」

という近藤の意見に藤田も否やはなく、あとの時間のほとんどは、来年のセントルイス万博の目玉〈若冲の間〉の話になった。

玉菜は、その夜、三原の〈若冲の間〉の話に一瞬、目を瞠《みは》りながらも、舞妓時代と変わらず、終始ひっそりと座っていた。頑《かたく》なに社交的なことを拒絶する藤田という巨大な政商が、なぜかこの無口な芸妓だけは人と会う際に同席させるといわれていた。どうやらその寡黙《かもく》な美しさにすっかり籠絡《ろうらく》されたものらしい。

当時の財界人というのは、美術品蒐集家が多く、三原も浮世絵のコレクターとしてその名を知られていた。

明治の政財界は、古美術界をめぐる欲の渦の中で丁々発止のやりとりをしていたともいえる。その中で、藤田にだけはなぜか一番いいものが集まると言われていた。

藤田はよいものだと思うと、言い値《こ》で買う。びた一文値切ろうとはしなかった。

「わては金があるさかい美術品を買うてるんや。値切ったところで、何の得になりますかいな。逆に、そんなんしたら自分で自分の宝を値切るようなもんやないか」

茫洋《ぼうよう》とした風貌の藤田は、長い顎鬚《あごひげ》を撫《な》でながら三原にそう言い放ったという。

「……近いうちに、伊藤若冲の珍品中の珍品を手に入れまっせ」

藤田は、近藤と三原がその屋敷を辞すとき、そう言って見送った。

「そのとき……」

ひっそりと藤田の後ろに影のように佇《たたず》んでいる燻《くゆ》るような厚化粧の〈若冲の末

裔〉の姿は、なにやら唐画《からえ》に出てくる〈楚蓮香《それんこう》〉のような……この国の者とは思えぬような匂い立つような美しさだったと、三原は雪佳に語った。

三原と別れたあと、花街の灯《あか》りがちらちらと揺れる石畳の道を歩きながら、大阪に流れていき過去を無言で押し通す〈若冲の末裔〉の姿を思い浮かべていた雪佳は、ふと立ち止まって町屋の屋根に切り取られた細長い夜空を見上げた。

人の一生は、たかだか百年だが、京に暮らす人々は寺でも店でも長い歴史を日常として背負って生きている。それはまるで千年の人生を生きることにもたとえられるのではないか……京に生まれ育つということは、そういうことなのだろう。

若冲が活躍した時代も……この町は、芳醇《ほうじゅん》な、あるいは腐臭《ふしゅう》にも近い匂いを発散していたかもしれない。

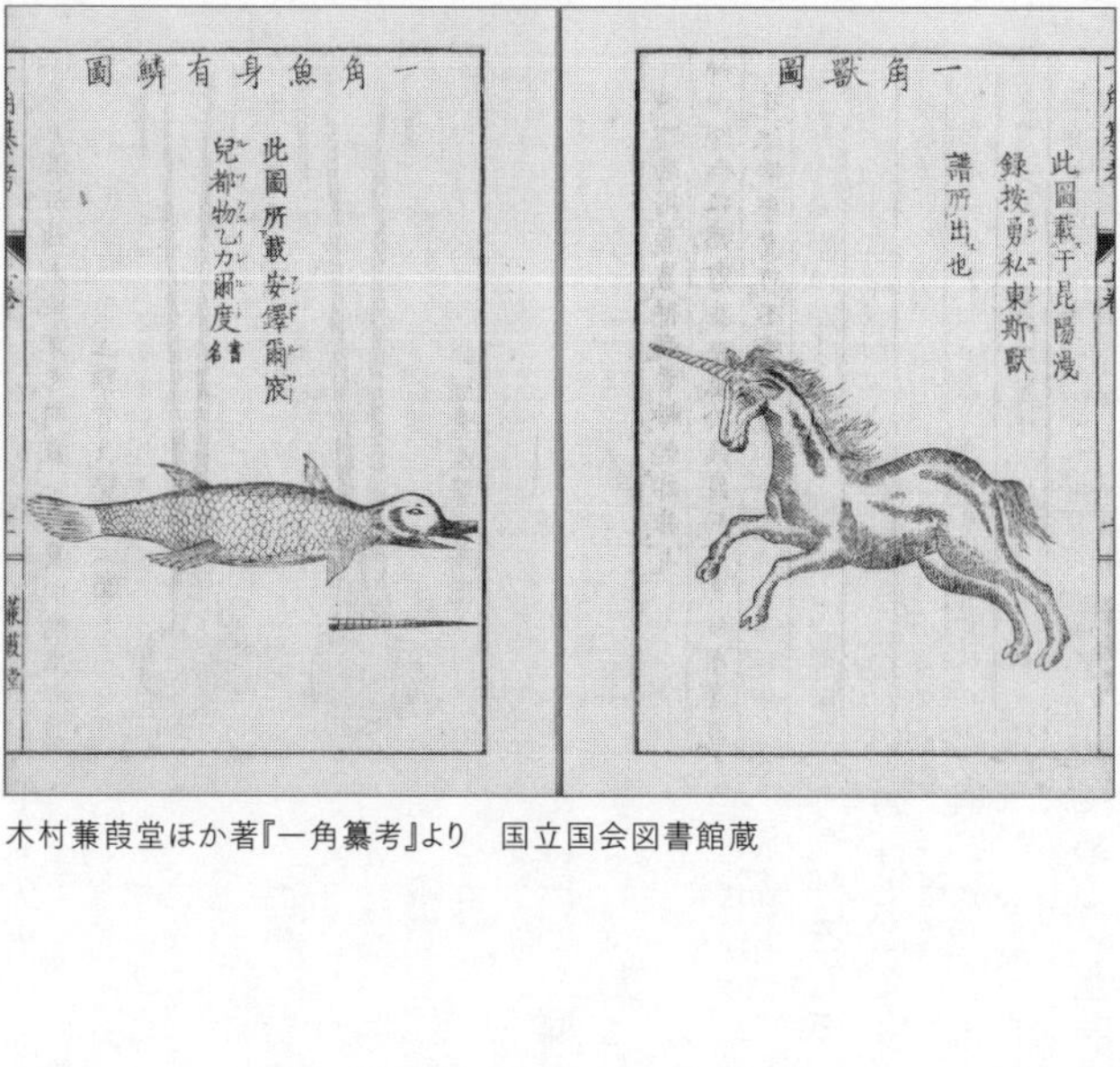

木村蒹葭堂ほか著『一角纂考』より　国立国会図書館蔵

明治三十七年（1904）　伏見　油掛

五　蝶千種

神坂雪佳《かみさかせっか》がその後、富田屋玉菜《とんだやたまな》と名を変えた〈若冲《じゃくちゅう》の末裔《まつえい》〉の姿を見たのは、三《み》原《はら》と祇園尾野亭《ぎおんおのてい》に遊んだちょうど一年後の秋のことである。

大阪の網島《あみじま》にある〈網島御殿〉と呼ばれている壮大な藤田傳三郎《ふじたでんざぶろう》の邸宅の立派な庭では毎年、大阪市長をはじめ政財界の大物から学者、画家などの文化人にいたるまでが一堂に会する園遊会が開催されていた。

この園遊会に雪佳がはじめて出席したのは、先年亡くなった品川弥二郎《しながわやじろう》に連れられてのことである。品川もまた藤田と同様、長州の出身だった。そして雪佳の人生は、この品川弥二郎によって決まってしまったといっても過言ではない。

雪佳の父はかつては貧乏公家に仕えていた公家侍で、雪佳は慶応《けいおう》二年、その神坂吉重《よししげ》の長男として京の粟田口《あわたぐち》で生まれた。

雪佳の父、神坂吉重が品川弥二郎を知ったのは幕末の頃である。当時は吉重の主《あるじ》も赤貧生活を送っていたが、訪ねてくる品川も物乞《ものご》い姿に身をやつしているような有り様だったという。

　男ばかりの四人兄弟の長男である雪佳は、四条派の鈴木瑞彦《すずきずいげん》に絵を学んだものの几帳面《きちょうめん》さと器用さが災いしてか、染織の下絵描きのような仕事ばかりに追われていた。かたや同じ京都に生まれ、年も二つしか違わない川魚料理屋の長男の竹内栖鳳《たけうちせいほう》が、やはり四条派の幸野楳嶺《こうのばいれい》の元でめきめきと頭角をあらわし、楳嶺四天王の筆頭と呼ばれ中央画壇に躍り出ていくのを見て、父の吉重は歯痒《はがゆ》がり、雪佳を連れて京都の別邸に滞在中であった品川の元を訪ねたのである。

　ヨーロッパ視察から帰ったばかりの品川は、横文字でいえば〈デザイン〉の重要性を痛感しているところだったので、雪佳に「図案家になれ」と勧めた。

「図案？」

　京には、友禅や西陣の下絵描きがいる。その下絵と、品川のいう図案というものが、いったいどう違うのか、吉重も雪佳も当時はよくわからなかった。

「世界に通じる図案を創造することは、国家の発展に尽くすことでもある」

　と、品川は大上段に構えて雪佳父子を説いた。

　当時、明治以降流入してきた〈西洋画〉というものに対抗して〈日本画〉という概念が認識されたのと同時に、日本の美術工芸は、西洋の国々に対して、日本という国家のアイデンティティを背負って発展してゆく宿命を背負っていた。

……染織筆耕。

品川は帰り際に、雪佳のために墨痕《ぼっこん》鮮やかにこの四文字を揮毫《きごう》してくれた。筆で生きていくことを〈心織筆耕《しんしょくひっこう》〉というが、それをもじって染織の筆によって身を立てよ、という意味であろうか。

このとき、神坂雪佳、二十三歳。

しかし、同時にこの〈染織筆耕〉の文字は、長く雪佳の心を縛ることにもなった。

雪佳は〈図案家〉として西陣の帯屋からも、友禅の染物屋からも引っ張りだこになり、数年前にはヨーロッパ各国の視察にも派遣されている。最近では、京都市立美術工芸学校の教師として後進の指導にもあたっており、その日常は多忙を極めていた。

そうした日々に追い立てられながら、雪佳はときどきコツンと心に引っかかるものを感じるときがある。それが何なのか雪佳自身にも明確にわからないのは、あるいは、それが納得したふりをして心の奥に封印してしまいたい思いでもあるからだろう。

その忙しいさなか、ふらふらとこうした集まりに雪佳が足を運んだのは、昨年、三原繁吉《みはらしげきち》に聞いた若冲の末裔のことが気になっていたからかもしれない。

庭の片隅に設けられた緋毛氈《ひもうせん》を敷いた休憩所に腰を下ろし、雪佳はぼんやりと接待に駆り出されてきている南地《みなみ》の芸者衆の姿を眺めていた。南地の富田屋で今、一番人気があるという芸者の八千代《やちよ》を隣に侍《はべ》らせている竹内栖鳳の姿も見える。栖鳳は、東京美術学校のフェノロサに認められ、華々しい活躍をすると同時に、一方では最近、髙島屋と組んで〈栖鳳絣《がすり》〉を売り出すなど京都の染織界でももてはやされていた。

同じ画家といっても、栖鳳はもはや雪佳とは遠く隔てられた存在になっている。〈染織筆耕〉の四文字は、今まで下に見られていた染織の絵師たちを、日本を代表する工芸品の芸術家たらんと鼓舞《こぶ》するものであったはずなのに……結局、画家は芸術家としてその価値をどんどん高めてゆくのに対し、図案家は日常の消耗品の中に埋没してゆくばかりのようであった。

「……おひとつ、どうどすか」

小さな囁《ささや》くような声はやわらかな京言葉であった。

雪佳が振り向くと、芸者の玉菜が可愛らしい菓子を盆に載せて差し出した。

「……あ」

雪佳は酒もいけるが、甘いものにも目がない。この席に連れてきてくれた品川も大の甘党で、酒には目もくれず出された饅頭《まんじゅう》や干菓子《ひがし》を女子供と争っていくつも頬張っていたことを雪佳は懐かしく思い出して、ちょっと笑った。

「……あの、なんやうちの方、見てはったようどすけど……」

おっとりと問われて雪佳は困って口ごもった。

「いつだったか……あんさんがまだ舞妓はんやった頃、祇園の夜道で会《お》うたことがあったなぁ、と思い出してましたんや」

「そうどしたか。いつのことどしたやろ……」

ふと、玉菜は思い出したらしい。

「ああ、もしかして岡重《おかじゅう》はんと……」

雪佳は、玉菜の記憶力のよさに驚いた。客商売だから、一度でも会った人の顔を忘れないのは当然のことかもしれない。

「……絵描きはんどしたなぁ。うち、今は富田屋から玉菜ゆうて出さしてもろうてます。よろしゅうおたの申します」

大阪に流れてきても、あくまでも京都風を通しているらしい。

ふっと、雪佳は栖鳳の姿を見つめ、そして、自分には〈画家〉というより〈絵描きはん〉という言葉がふさわしいと、この娘の京言葉を愛《いと》おしく思った。

「お名前聞かしておくれやす」

名乗るほどでもないが、と思いながら、雪佳は「神坂といいます」と丁寧に答えた。

「いやぁ、もしかして……神坂雪佳先生どすか？　うち、『蝶千種《ちょうせんしゅ》』の御本の絵《え》から、着物仕立てさしてもらいましたんどすえ」

「そうかぁ……そら、おおきに」

実は、雪佳は半年ほど前、この年の二月に、山田芸艸堂《やまだうんそうどう》から、『蝶千種』という図案集を出している。一冊丸ごと舞い飛ぶさまざまな蝶の姿……まさに千の蝶を描いた図案集であった。

「雪佳先生……あの、藤島武二《ふじしまたけじ》の『蝶』ゆう絵《え》のこと知ったはりますか？　白馬《はくば》会《かい》の」

雪佳は驚いて玉菜の顔を見つめた。さすがに絵師の末裔だけあって美術のことはよほど詳しいらしい。

今年の白馬会の展覧会では、新進洋画家藤島武二の『蝶』が絶賛されていた。少女の姿と、画面いっぱいに群れ飛ぶ蝶の図である。

雪佳もすでにその絵のことは知っていた。

藤島の『蝶』は、今、ヨーロッパを席巻《せっけん》しているアールヌーボーをよく体現していると世人は評価している。

だが、アールヌーボーなんていう外国の言葉を借りなくても、日本には尾形《おがた》流と呼ばれる宗達《そうたつ》、光琳《こうりん》の一派の流れがあって、逆にそれに異人たちが触発されて流行したのがアールヌーボーなのではないか、と雪佳は思う。

この琳派の流れを汲《く》む雪佳の図案に対しても、人々はアールヌーボーの影響を受けているというけれど、雪佳にしてみれば、そんなものは昔から日本にあったものなのに……という気持ちが捨てきれなかった。

「うち何《なん》も知らんかったんどすけど、雪佳先生の『蝶千種』から仕立てた蝶々の着物着てると、どなたはんも『やぁ、藤島の〈蝶〉やな、白馬会やな』言わはるんどすえ……うち、なんや悔しゅうて、そう言われるたびに、藤島武二の方が、雪佳先生の『蝶千種』見て真似《まね》しはったんと違いますやろか言うてますのんえ」

切々と訴える玉菜の言葉に、雪佳は思わず苦笑してしまった。

図案集というものが、いずれ着物など工芸品として利用されるためのものである以上、〈利用される〉ことは否めないのだが、藤島の『蝶』の背景に群れ飛ぶ蝶は、たしかにあまりにも『蝶千種』と似ていた。

「藤島さんも蝶が好きで、ぎょうさんスケッチしたはったそうや」

雪佳は、争う気持ちが生まれついて少ないのか、あるいは、工芸図案家としての自分の立ち位置を……上野の山の芸術家とは、同じ絵師でもまったく違う種族と考えているのか、たいして気にする様子もないそぶりをみせた。

「玉菜はん、なぁ……」

雪佳は、そう呼びかけながら、ふと、この妓《こ》が選んだのは、どの蝶の図だろうと思った。

「あんさん、金比羅《こんぴら》さんの蝶々のこと知ったはるか？」

「……金比羅さん？」

雪佳が『蝶千種』を描くとき、唯一意識したとすれば……それは、金刀比羅宮《ことひらぐう》の奥書院《おくのしょいん》に描かれていた障壁画《しょうへきが》であった。

これは天保《てんぽう》年間、岸派《きしは》の岸岱《がんたい》によって描かれたもので、やはり壁いっぱいにさまざまな蝶が舞っている図である。

雪佳は、金刀比羅宮の岸岱の蝶の障壁画を意識して『蝶千種』を描いたが、さて、藤島は『蝶千種』は見たとしても、岸岱の蝶は見ただろうか……。

「玉菜はん、あんなぁ……岸岱が金比羅さんに四百の蝶を描く前には、金比羅さんのその壁には、あんたのご先祖さんの絵があったそうやで」

「えっ……若冲はんの？」

玉菜は、自分が若冲の末裔と知られていることに驚いた様子であった。

「若冲はんも金比羅さんに蝶々を？」

「いや、若冲はんのは蝶やない……一本の柳の大木のまわりを、ぎょうさんの燕《つばめ》が群れ飛んでいる図やったそうや」

「燕が……」

明和《めいわ》の頃、金刀比羅宮奥書院には、若冲によって花卉図《かき》や群燕図《ぐんえん》が描かれた。しかし、長い年月によって次第に汚れたりほころびたりしたので、天保年間の改修のとき、花卉図は背景の白地を金地に塗り直し、燕は破損が激しいので取り払われ、代わりに岸岱が……若冲の燕を意識して、燕を蝶に変えて群蝶図を描き上げたという。

「若冲はんの燕は、どないな図やったんやろ……」

もう、誰にもわからない若冲の描いた燕たちは、かすかに岸岱の群蝶図からその残像を窺《うかが》い知ることができるだけだ。

「あの……」

何を思ったか、玉菜は突然、今度時間があるときに伏見《ふしみ》の自分の祖母の家に一度来てもらえないだろうか、と言うのだった。

玉菜の祖母は、京の錦小路《にしきこうじ》の家を始末して実家のある伏見に隠棲《いんせい》している。錦の蔵にあった着物はほとんど売ってしまったが、かつて着物の一部だった裂《きれ》を集めた裂帖《きれちょう》のようなものだけは、売ろうにも値がつかず、祖母の手元に残っているという。もし興味があればお見せしたいと言うのであった。

「もし、ええ柄《がら》があったら、雪佳先生、うちのために着物の下図を描いておくれやす」

着物の図案は微妙なもので、その絵の配置によって着たときの感じはずいぶんと違ってくる。雪佳の図案はその絵羽《えば》の配置が絶妙で、衣桁《いこう》にかけても映えるし、もちろん着てみるとますます絵が生きてくると定評があった。

さすがに芸者だけあって抜け目ない、と思いながらも、この〈若冲の末裔〉と語っているうちに、雪佳の心はなぜか浮き立つような気分になってくるのだった。

六　獅子とユニコーン

七条《しちじょう》駅前から京都電気鉄道に乗り込んだ雪佳は、堅い椅子に腰掛けながら揺られている。京都では、琵琶湖疏水《びわこそすい》の開削《かいさく》にともなって水力発電を開始したものの、電力というものの使い道も特段になく、さしあたってこの鉄道が敷設《ふせつ》されるにいったという。

電車はかつての竹田街道《たけだかいどう》を南へと走ってゆく。その昔、京と大阪が淀川《よどがわ》の船で結ばれていた時代、伏見は〈陸《おか》にある港〉であった。若沖の時代は、伏見から船に乗って大阪へと下っていったのだろう。

油掛《あぶらかけ》の電停《でんてい》で電車を降りて、雪佳はあたりを見回した。

「雪佳先生」

思いがけない大声で呼び止められて、雪佳は驚いたように振り向くと、そこには黒繻子《くろしゅす》の襟をかけた縞《しま》の着物に、小ぶりな銀杏返《いちょうがえ》しを結った女が立っていた。

「さっきから、手を振ってたんどすえ」

雪佳は、まじまじと迎えの女を見つめた。

「誰やと思うたら……玉菜はんか」

今日の玉菜の扮装《こしらえ》は、堅気《かたぎ》のおかみさんのようにしか見えない。花街の娘は犬の子のように一年でいくつも年を重ねるようであった。

「へえ。うち、ほんまの名は伊藤実以子《いとうみいこ》いいますんどす」

玉菜は、屈託なく笑った。

「富田屋から出るときに、郵船の三原はんが、うちの実家は八百屋やさかい、この文明開化の世の中やから〈キャベージ〉たらいうのんがええやろ、言うてくれはりましてん。今日、会《お》うてもらううちのおばあちゃんに相談したら、なんでも若沖はんの弟いうお人も、やっぱり八百屋やさかい〈白歳《はくさい》〉いう号やったんやそうどす。

考えることは、いつの世もおんなじどすなぁ」

「そんで玉菜かいな」

「へぇ。西洋の白菜《はくさい》どすねん」

普段着の玉菜は驚くほど饒舌《じょうぜつ》でよく笑った。

「ははは……あんたが笑《わろ》うたとこ、はじめて見たわ」

雪佳がからかうと、玉菜は大口を開けて威勢《いせい》良《よ》く笑ってみせた。

「あはは、うち、乱ぐい歯どすやろ。せやさかいお座敷では口開けたらあかんてきつう言われてるんどすえ」

「ははは、藤田の旦那にかいな？」

「いややなぁ、そんなんと違います。うちほんまは、そんなん好きやないんどす。今は、しかたないさかいおとなししてますけど……」

玉菜は、肩をすくめるようにしてクスッと笑った。

「なんや別人のようやな」

「そうどすか？　……うちかて、ちょぼっとは苦労してますもん」

ふっと玉菜は沈黙した。

たしかに……雪佳が惹《ひ》かれるこの娘の眼差《まなざ》しは透明感がある。それは、生きにくいところで生きている者しか持つことのない目の力であるようにも思われた。

「うち……ほんまはモルガンさんにくっついて、アメリカでも、どこでも行きとおしたんどす」

「え？」

「……アメリカ、行ってみとおした」

玉菜は、きっぱりと言った。

「うちは、ほかの妓《こ》ォと違《ちご》うて芸もちゃんとしてへんし、早《はよ》うに誰かに落籍《ひか》してもろて、どこへでも往《い》んでしまいたかったんどす」

京女は旧弊に縛られているように見えて、実は新進の気鋭に富んでいるというのは本当のようだ。

「せやけど、やっぱり異人さんでも芸のある妓の方がよろしいんやね」

モルガンに四万円の大金で落籍された雪香《ゆきか》は、胡弓《こきゅう》の名手であった。

座敷で瞬きもせず、しんと佇《たたず》んでいることも芸のひとつではないかと雪佳は思うのだが、年若い芸者には己《おのれ》の魅力がまだよくわかっていないらしい。

「若沖はんが晩年を過ごさはったいうんは、このへんかいな？」

雪佳は話題を変えるように、歩きながら、周囲の町並みを見回した。

「せやおへん。若沖はんが晩年お居やしたいう石峰寺《せきほうじ》さんは、もうちょっと北に上った方どす。このへんは……ああ、ここが御香宮《ごこうのみや》……伏見の戦《いくさ》のとき、官軍の陣のあったとこどす」

　玉菜は、道すがらの大きな鳥居を指し示した。

　雪佳は、玉菜の言葉に吸い寄せられるように鳥居の方に進み、両脇にある狛犬《こまいぬ》を撫《な》でて、奥の社《やしろ》に軽く頭を下げた。

「なぁ先生……知っておいやすか？」

　玉菜は、大きな目で上目遣いで雪佳を見つめた。

「若冲はんの落款《らっかん》にある印はユニコーンの角《つの》でできてたんやそうどす」

「ユニコーン？……ああ、〈うにこうる〉か」

「へえ。ほんで、その印には獅子《しし》が彫ってあったんやて……獅子とユニコーンいうたら、イギリスの王室の紋章なんやそうどすなぁ」

「へえ……」

　雪佳ははじめて聞く話であった。

「ヨーロッパでは、獅子とユニコーンの取り合わせは、王さんやら偉いお人の象徴やそうどす」

　雪佳は、頷《うなず》きながら「そんな話、誰に聞いたんや？」と尋ねた。

　玉菜は、雪佳の思惑をはぐらかすように笑った。

「藤田の旦那はんは、美術品の鑑定はしはっても、ヨーロッパのことは、ようお知りやないんどす。教えてくれはったんは、郵船の三原はんどす。三原はん、相国寺《しょうこくじ》さんの若冲百回忌でその印を見はって、びっくりしはったそうどす。『若冲は、おそらくそれを知っていて、ユニコーンにライオンを彫って己の印にしたに違いない』て……」

「三原さんが？」

「……へえ。あのお方、そらヨーロッパやアメリカのことえらいよう知っておいやすなぁ」

獅子と拮抗《きっこう》する力を持つユニコーンは、束縛を嫌う霊獣である。誇り高きユニコーンを手なずけることは誰もできない……清らかな乙女、あるいは気高い貴婦人以外は……。

誰にも汚されない孤高の精神を象徴するものが、獅子とユニコーンだとすれば、それはたしかに若冲という絵師にはふさわしいようにも思われた。

「獅子とユニコーン」

雪佳は、口の中で反芻《はんすう》している。

「先生……あのな、この狛犬さんな」

玉菜はさらに、悪戯《いたずら》っぽく笑って、鳥居の脇に鎮座する狛犬を指さした。

「この狛犬もほんまは、〈獅子とユニコーン〉なんやそうどすえ」

口を開けている狛犬『阿《あ》』が獅子で、口を閉じている『吽《うん》』がユニコーンだという。たしかによく見ると『吽』像には、申し訳程度のぽっちが頭上についている。擬宝珠《ぎぼし》のようなその頭のぽっちこそ、一角獣の角だというのだ。

「若冲はんと仲のよろしかった木村蒹葭堂《きむらけんかどう》ゆうお人は、江戸時代に、とおに〈うにこうる〉がユニコーンのことで、世間のお人が〈うにこうる〉いうたはるんは、ほんまは、イッカクいう魚の牙《きば》やと書き記してはるんやそうどすえ」

「江戸時代の人らは、今のわてらよりもっと物知りやったんやなぁ」

さすがに雪佳も、狛犬が一角獣のなれの果てとは知らなかった。

江戸時代の京都は、もしかしたら今考えるよりもずっと世界に開かれていたのかもしれない。

七　砂糖鳥

玉菜の祖母という老女は八代目枡屋源左衛門《ますやげんざえもん》に嫁いだ人で、名は極子《きわこ》といい、今年九十一になるという。

枡屋が一家離散して、極子の孫にあたる若い当主は大阪に出奔《しゅっぽん》、玉菜が花街に身を沈めたあと、ひとり残った極子は、伏見にある造り酒屋の実家に戻り、隠居所を建ててもらってひっそりと暮らしている。

この頃ではめっきり弱っているが、それでもこうして訪ねてくる人があり、昔話でもすれば、少しは元気になるかもしれない、と玉菜は言うのだった。

「兄は大阪に行くて言うたきりで……大阪でも、なんやはっきりせぇへんのどす。東京に行かはったいう噂があったり、台湾《たいわん》やら香港《ホンコン》やら、外地で見かけた言わはるお人もあったりで、ようわからしまへんのどす」

ふっと玉菜は顔を曇らせた。長い睫《まつげ》が瞳に影を作り、愁《うれ》いを含んだ横顔が美しい。どちらかというと浮世絵美人というより、西洋画に向いている顔だと、雪佳はその横顔を眺めている。日本の女には、横顔の美しい者がなかなかいないものだ。

「こっちに来る前は、若冲はんのもんも、ぎょうさんあったんどすけどな……」

玉菜は気まずそうにくどくどと兄の不行状を訴えた。どうやら玉菜が雪佳に見せたかった〈着物の図案の摺物《すりもの》〉は、ずいぶん探してはみたものの出てこなかったらしい。

「こんなんは、なんぼでもあるんどすけど……」

極子が、奥から取り出してきたのは、古い裂を束ねたものであった。

黒地に鶯色《うぐいすいろ》の小さな鳥がポツリと木の枝に止まっている。着物の裾模様《すそもよう》か袖《そで》の部分であったのだろう。

「この裂の図案は、若冲はんが描かはったもんで……お祖母《ばあ》はんが、最後《しまい》まで大事にしたはったもんどす」

木の枝の先の葉は病葉《わくらば》で、ぽつぽつと穴があいている。若冲の絵にはよく見られる葉の形だった。

「若冲はんは、着物の図案みたいなこともしてはったんどすか……」

雪佳はそっと手にした古裂を眺めた。

「そら京の絵描きはんやさかい。いろいろしておいやしたんと違いますやろか？ 若冲はんの絵を西陣《にしじん》で織りにしたり、友禅《ゆうぜん》で染めにしたりして、掛け軸にしたもんも昔はよう見ましたえ」

「若冲はんの絵を織物や染物にして掛け軸に……」

若冲の絵をタペストリーに織り上げるというようなことは、もう遠い江戸の昔からやっていたのだ。それはもしかしたら〈複製物を作る〉というところから出た発想であったかもしれない。あるいは、かつては絹本《けんぽん》に描かれた若冲も、西陣で織られた若冲も、〈若冲の絵〉であることにたいした違いは認められなかったのだろう。

「若冲はんの描かはったものを、妹の美以《みい》さんがよう着物の図案にしてはったそうどす。それがえろう人気やったそうで。その美以さんが、着物にした図案を錦絵みたいに摺《す》って残さはったんどすけどなぁ、それが見あたらしまへんのどす。もうそれはようけあったんどすけど」

「兄さんが売ってしもうたんやろか」

玉菜は冷ややかに呟《つぶや》いた。

玉菜の兄は、金策に詰まると家にある古いものをかすめ取っていっては売りさばいて小金に替えていたらしい。

極子が、のちに八代目枡屋源左衛門を名乗ることになる伊藤達四郎《たつしろう》に嫁いだとき、義父の七代目の伊藤清房《きよふさ》も、その母……夫の祖母となる老女も存命であった。

「お祖母はんは、美以さんいわはって、それは美しいお人どした。みーちゃん、あんたの名前は、美以さんにあやかってつけたんえ」

玉菜の実以子という名は、美貌《びぼう》の美以さんの音をあてて付けられたものだというのだ。

「義父は、それはお母はんの美以さんを大事にしたはりましたんや。このお祖母はんが若沖はんの妹で、晩年は一緒に暮らしてはったそうどす。若沖はんが亡《の》うなりはったあとは、一人石峰寺の門前に住まはって、若沖はんの描いた仏さんの絵なんどを摺って方便《たずき》にしてはりました。色の白い……それは清々《すがすが》しい尼《あま》さんどした……」

この美以さんは、石摺《いしずり》の名人として当時は聞こえた人であった。

「あてが枡屋に嫁いだ頃には、家の蔵にはけったいな唐物《からもの》がぎょうさんおましたえ。今はのうなってしもたけどあの花鳥の摺物は、雪佳先生に見てもらいとおしたなぁ。あれは美以さんが摺らはったんか、お義父《とう》はんが摺らはったもんやったんか……なんやこう闇の中に浮き出るような摺りどしてな、それはきれいなもんどした」

「摺物って……浮世絵みたいなものだすか？　色摺りの？」

「へぇ、この裂と同じように、黒地にとりどりの花や鳥が描かれてましてな。最初に摺らはったんは美以さんやったんやそうどす。たしか……明和辛卯《かのとう》という年が入っていたような。今となってはようわからしまへんのどすけど……」

極子の夫の父親、清房は、母親に石摺を習っていたので、その明和辛卯の年から数えて六十年後……やはり同じ辛卯の年に、家に残されていた版木で復刻を作ったともいう。その絵も、今はすでにこの家には残っていなかった。

「美以さんは、その天保の辛卯の年……若冲はんの三十三回忌の前の年に亡うならはったんどす。お義父はんは、お母はんの美以さんを偲《しの》んで作らはったと言うてはったような気もするんどすけど、それとも若冲はんの三十三回忌のときやったんか

「……よう覚えてはしまへんのどす。あても嫁いで間《ま》なしどしたさかい……」

「たしか石峰寺さんにある若冲はんの筆塚も、三十三回忌に清房さんが建てはったんどすやろ？　いろいろやらはったんどすなぁ」

玉菜が横から口をはさんだ。

「せやなぁ。三十三回忌は忌上《きあ》げ言うさかいなぁ」

雪佳は手元の古裂を見つめながら考えている。

若冲の時代にそのような木版画があったのだろうか。江戸では春信《はるのぶ》の頃……まだ鮮やかな色摺りの絵は見られない時代のはずだ。

「それは、浮世絵というより、なんや友禅のようなもんどした」

「友禅の……」

関西では合羽摺《かっぱずり》という型友禅のような色摺りの技法がある。それならばわかるような気がした。

「それにしても、この黒地は……」

古裂はすべて黒地に花鳥が浮かんでいる。

「摺物もみんな黒地で……その黒がほかの人がやると美以さんみたいにきれいな黒色にならへんかったんやそうどす。ちょっとしたコツがあるということどした」

たしかに、山田芸艸堂《やまだうんそうどう》でも先頃、若冲の拓版画『玄圃瑤華《げんぼようか》』の版木を市で見つけたので、買ってきて摺ってみたところ、黒色がきれいに出なかったと聞いたことがある。

「この墨色を出すのには、墨を選ぶだけやないんどす。ほかにもあんじょう秘伝がおましてなぁ……どうどす、お茶でもなんですし、新酒が蔵から届いていますさかい、少々お酒でもいただきながら、お話ししまひょか」

極子刀自《とじ》の実家〈鮒屋《ふなや》〉は、もともとは船宿で、客に家で造った酒を出すようになったのが酒造りのはじまりという。伏見でもっとも古くからある造り酒屋のひとつであった。

「若沖はんが船で浪華《なにわ》に下らはるときは、鮒屋にお泊まりやしたそうどす。その頃から枡源と鮒屋はお付き合いがあったんどす。せやけど若沖はんは、お酒は召し上がらはらへんかったそうどすけどな」

雪佳は相槌《あいづち》を打ちながら、箱から古裂を次々に取り出す極子の手元を熱心に眺めている。

「この裂にはいろいろな話があるんやそうどす。美以さんからいろいろ聞かせてもろたもんどした……そうどすなぁ、もしかしたら、こんなふうに昔のこと話しとうなるんは、お迎えが近《ちこ》なってるゆうことかもしれへんなぁ」

「いややなぁ、おばあちゃん、縁起でもおへんえ」

酒を盆に載せて持ってきた玉菜が、ことさら明るく声をかけた。

「そやなぁ、さぁ、どうぞ」

「そらそうと、おばあちゃんが嫁がはった頃って……それ、いつ頃の話どす？」

「さあなぁ、天保のはじめ頃、そうそう美以さんが亡くならはる一年ほど前のことや」

今を去ること、七十年も前の話だ。

極子が嫁いできて、その翌年にはこの美しい祖母は亡くなったのだが、床に伏した老女の世話を甲斐甲斐《かいがい》しくする孫の嫁に、ぽつりぽつりといろいろなことを語り残したのだろう。

ふっと、極子は何かを思い出すように沈黙した。

「美以さんが、枡屋に奉公に上がらはったんは、宝暦《ほうれき》十三年のことやったそうどす」

「へぇ、おばあちゃん、ちょっと待っとくれやす。美以さんゆうのは……若冲はんの妹どっしゃろ？　それがなんで奉公なんどすえ？」

玉菜もはじめて聞く話なのだろう、もしかしたら、極子はふだんなかなか改まって話ができない孫娘に、この機会に思い出を語り継いでおきたかったのかもしれなかった。

「あんな、美以さんいうお人は、もともと枡屋の奉公人やったお人なんや。まぁ、いろいろあってなぁ」

当主から当主に語り継がれる家の歴史は、表の歴史であるだけに、うやむやな部分が多かったりする。

意外と真実は、妻から嫁へと……女の愚痴ともため息ともつかないものと一緒に語り継がれていくものなのだろう。

「美以さんから聞いた話も、なんやらはっきりせんとこがありましてなぁ……あても、こんなこと話しても、誰も真に受けてもらえへんやろ思うて、今まで誰にも話したことあらへんかったんどすけど……そやけど、きっと美以さんは、誰かに言い残さはりたかったん違うやろうかと……あの頃の美以さんの年に近《ちこ》うなると、ふっと思うことがありますのや」

極子は、そう言って、花鳥の古裂をもう一度手にして眺めた。

「この絵は……不思議な摺物どした。真っ暗な闇に、ポツリと止まっている砂糖鳥いう鳥で……」

「サトウチョウ？　……これインコやないんですか？」

雪佳は思わず聞き返した。

「へえ。この鳥はたしか砂糖鳥いう名やと聞いてます。長崎から来た異国《よそ》の鳥でな、甘いものが好きやさかい……砂糖鳥」

「いやぁ、お砂糖の〈砂糖鳥〉なん？」

玉菜が弾《はじ》けたように笑った。

「その頃の枡屋には、こんな珍しい鳥がぎょうさんいてな……孔雀《くじゃく》なども飼《こ》うたはりましたんえ」

美以が枡屋に奉公に上がったのは、この鳥の世話係としてだったというのだ。

若冲は、美しい鶏を描いた絵師として知られている。そして、その屋敷には、たくさんの鶏だけでなく、こうした西洋の珍鳥……インコやオウム、砂糖鳥、金鶏《きんけい》、孔雀などさまざまな鳥が実際に飼われていたという。

雪佳はもちろん伊藤若冲という〈絵描きはん〉の名は知っている。作品も見ている。おそらく絵師として雪佳自身もどこかで影響を受けているだろう。だが、その実像は身近な存在すぎて改めて考えてみたこともなかった。雪佳にとって〈若冲はん〉は、のっぺらぼうのようにぼんやりとしたはっきりしない存在で、それなのに気付けば〈若冲はん〉の描き残したものだけが、一人歩きして雪佳の身の回りを浮遊している。

百年……というのは、過去の人物を隣人として語れるぎりぎりの歳月であるのかもしれない。極子刀自の語る若冲は、巷間に〈神の手を持つ絵師〉と呼ばれた人ではなく、ともに生活をした人々の生身《なまみ》の記憶の断片だった。
それは、明和の頃、京の錦小路での話に遡る。

II

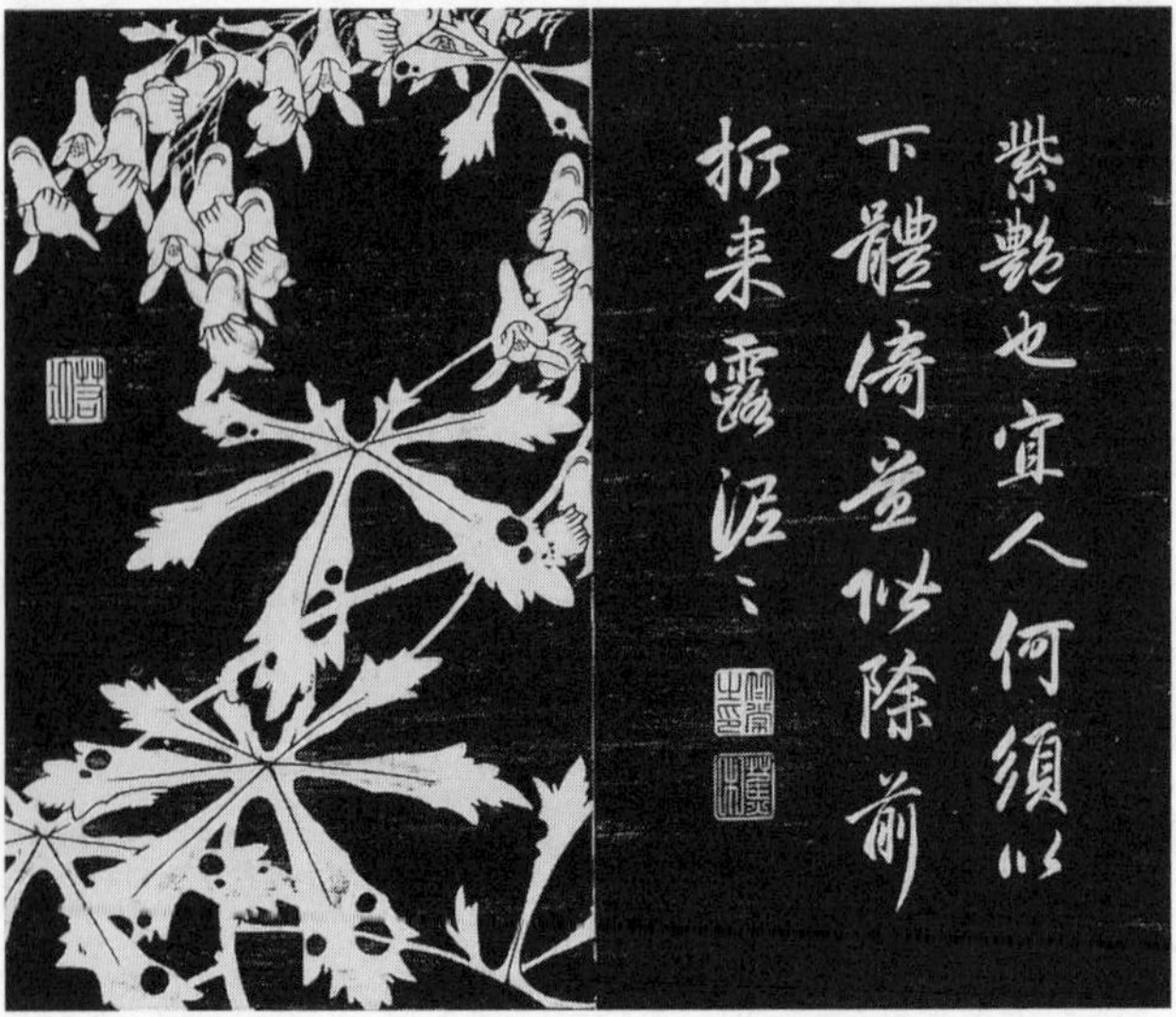

伊藤若冲『素絢帖〈鳥兜〉』　個人蔵

極子「宝暦《ほうれき》の頃の京の町では、女衆《おなごし》が遠出《とおで》するときは、かぐや姫の頃のように、まだ被衣《かつぎ》などというものをかぶってはるお方もおいやしたそうどす」

雪佳「そういえば、たしか若冲はんより少し前の時代の浮世絵師西川祐信《にしかわすけのぶ》の絵には、被衣の女がおりますなぁ。なんでも天明の大火から、ぱったり見られへんようになったそうだす」

宝暦十三年（1763）京　錦市場

八　果ての二十日

美以《みい》が〈枡源《ますげん》〉の店に来たのは、宝暦十三年……果《は》ての二十日《はつか》のことだったという。

〈果て〉とは、十二月のことである。

京都では、年末の忙しい時期であるにもかかわらず、毎年十二月二十日は、外出せず家で静かに過ごす風習があった。

この日、京のはずれ粟田口《あわたぐち》の刑場で処刑が行われる。それを忌《い》んで人々は家に籠《こ》もる。

美以を〈枡源〉に連れてきたのは、大坂鰻谷《うなぎだに》で薬種問屋《やくしゅどんや》を営む吉野寛斎《よしのかんさい》という男であった。

「なにが〈果ての二十日〉や。酒呑童子《しゅてんどうじ》のおる頃ならまだしも、この暮れの忙しいときに引き籠もってなんぞおられますかいな。行き来する人が少のうて好都合や」

と、浪華《なにわ》商人の強引さで淀川《よどがわ》を船で上った。

吉野家は、代々〈五運《ごうん》〉という名を名乗っており、寛斎はその吉野五運の四代目である。享保《きょうほう》の頃から〈人参三臓圓《にんじんさんぞうえん》〉という薬で莫大《ばくだい》な財をなし、今や浪華一の薬種問屋といわれている。五運は大金持ちである上に、長崎に渡来した珍獣・珍鳥を買い込み、驢馬《ろば》に乗って大坂市中を回り〈三臓圓〉を宣伝するなど、その奇矯《ききょう》な行動においてもその名を知られていた。

この日も五運は、唐丸籠《とうまるかご》の中に鶏を入れて供の者に持たせている。美以は鳥の籠と一緒に五運のあとをついて歩いている。

京の冬は、背筋が凍るような寒さである。

都の人々の魚と野菜を賄《まかな》う錦市場《にしきいちば》は、いつもは人の往来の激しい場所であるが、さすがにこの日ばかりはしんと静まりかえっていた。

美以は被衣《かつぎ》で頭を覆い、俯《うつむ》くようにして地面ばかりを見て歩いている。

この日……〈果ての二十日〉は、特に女子は表に出てはならないといわれていた。罪人は、刑の執行前にひとつだけ願いを申し立てることができる。そのとき、「あの女が欲しい」と目をつけられないように……と、洛中《らくちゅう》に育った美以は、子供のとき、そう聞かされたものだ。

そうした理不尽《りふじん》なことが世の中にはあるということを、今年十九になる美以は、もう知りすぎるほど知っていた。

そのとき、唐丸籠の中の鶏が鬨《とき》の声を作った。静かな町にその声は思いがけなく大きく響いて、美以は、おびえたように身をすくめた。

自分の足で京の町をふたたび歩いている。だが、自由ではない。

唐丸籠の鶏のように、飼われるために……美以は歩いている。

「……ここが〈枡源〉や」

先を歩いていた五運の足が止まり、振り返って美以に声をかけた。

錦小路《にしきこうじ》、中魚屋町《なかうおやちょう》。

そのとき、はじめて美以は頭を上げて、被衣の隙間から周囲を見た。

荒い京格子《きょうごうし》の十間《けん》もある大間口の大店《おおだな》であった。もちろん店は閉まっている。ただ〈枡屋《ますや》〉という大きな看板だけが見えた。

当主は代々源左衛門《げんざえもん》を名乗っているので、通称は〈枡源〉であるという。

黒ずんで文字がほとんど見えないようなその看板は、たとえ店の名が判読できなくても、この店が錦で一番古い青物問屋であることを示していた。美以は、〈枡屋〉の文字を、じっと見つめた。

あきらめのような空虚な眼差しだった。

女と生まれたからには、流れに任せるようにその場所その場所で生きていくしかないという諦観《ていかん》のようなものが、すでに美以の中には根付いている。

美以の父が京を追放されたとき、親族の者が見送りを許されたのも粟田口までだった。

「見送りの者はこれまで」

役人の乾いた声を今も覚えている……。

五運は大声で呼ばわって来訪を告げ店の者に戸を開けさせると、店の脇にある通り庭をずんずんと奥へと進んでゆく。

店の中を通り抜けると、そこにはさらに広大な屋敷が続いていた。

「この奥が独楽窠《どくがくか》ちゅうて、若冲《じゃくちゅう》はんが絵ぇを描いてはるとこや」

〈枡源〉の主《あるじ》は、蔬菜《そさい》問屋の主というより、〈伊藤若冲〉という名の絵師として京洛にその名を知られていた。

この世のものとは思われぬような美しい絵を描くという。

かつて売茶翁《ばいさおう》という高僧は、若冲の絵を見たとき、〈神に通じる手を持っている〉と感嘆したという話を美以は五運から聞かされていた。

竈《かまど》の天窓から漏れてくる光線の下を奥へとゆくと、

「よいしょッ、よいしょッ」

という男たちの声が響いてくる。

中庭に出ると、男たちが注連縄《しめなわ》をなっていた。

初老の男が「よいしょッ」と気合を入れながら藁《わら》を捻《ねじ》り上げると、藁の元に馬乗りになって押さえていた若い男と、一方のすでに捻り上げた部分を持っている男が「よいしょッ」と合いの手を入れる。

「なんや……五運さんやおへんか。ようおこしやす」

藁を持ったまま男たちは五運に声をかけると、ふたたび捻った藁をまた「よいしょッ」と声を合わせながら、今度は三本の撚《よ》った藁をさらに一本に撚っていって、みるみる見事な注連縄が出来上がった。

「若冲はん……あんた、なんもそないな丁稚《でっち》上がりの番頭はんみたいな真似《まね》せんでも……」

と、五運が呆《あき》れていると、

「うちは主が正月の注連縄なうのが昔からのならいどしてな。ふだん何もせえへんさかい、年の暮れくらいは少しは主らしいことせんと……」

と、中心になっていた男が答えながら出来上がった注連縄をキュッキュッとしなわせて弓なりに整え出来上がりを見せた。

どうやらこの継ぎのあたった裁着袴《たっつけばかま》を穿《は》いている男が、この家の主で、京洛に聞こえた絵師の若冲であるらしい。

「店の分から分家の分まで、全部せんとあかんさかい、もう手がパンパンや……」

よほどの力作業らしく肩で息をつきながら情けない顔になっている。背はひょろりと高いが髪には白いものが交じり、美以には、ほとんど老人のようにみえた。

「兄さん、あと何本どす」

手伝っていた弟の方は、でっぷりとした体格の顔色のつやつやした男であった。

「小兄《ちいさ》さん、あと三本や」

五運と話している若冲に代わって、目で出来上がりの注連縄を数えながら答えたのは、先ほど注連縄の元を押さえていた若い男である。「兄さん」と呼んでいるが、この男はまだ二十代くらいにしか見えない。

「それより若冲はん、珍しい尾長の鶏が手に入りましたさかい持ってきましたで」

五運の言葉に、若冲は興味津々《きょうみしんしん》で籠《かご》の中の鶏を覗《のぞ》き込んだ。

「渡り種《わただね》の尾長かいな……わっ！」

籠に手をかけたところ、突《つ》っかれたらしい。

「オスやさかい、気が荒いでぇ」

いい年の男二人が、鶏に夢中になっている様子を、美以は呆れたように見つめている。

「……あ」

ぼんやりしている美以の肩に、緑色の小さな鳥が止まった。

「ははぁ、やっぱりあんたの匂いに吸い寄せられるんやな」

五運は、美以の方を振り返り面白そうに笑った。

その声に、若冲はやっと美以の存在に気付いたようだ。

美以を見て、いぶかしげに、やおら被衣を取って顔を近づけた。美以は肌の色が白く、陶器のような艶《つや》がある。だが、この〈枡源〉の主は気にもとめず、鼻をひくつかせて、くんくんと美以の体臭を嗅《か》いでいる。

「若冲はん、どないだす？　珍しいやろ。この娘は、体からほのかに芳《かぐわ》しい匂いがしますのや……なかなかの貴種でっせ」

五運が得意げに言うので、美以はまるで自分も珍しい尾長鶏にでもなったような気持ちがした。

「この匂いは、不思議でっしゃろ？」

「ははは、不思議でっ……」

五運は、そんな若冲の様子に得意満面になって笑った。

「体から芳香を発するのんは、唐《とう》の昔の楊貴妃《ようきひ》から楚《そ》の国の楚蓮香《それんこう》まで話には聞いてたんやけど、わてもこないな娘を見るのははじめてやよって」

「いや……」

若冲は首をかしげた。

「あんた、どこの生まれや」

まるで鶏の産地でも聞くような口ぶりである。

「御所南の……」

美以は、俯きながら聞き取れないほど小さい声で答えた。

「長崎とか、どっか西国《さいごく》の方やないのんか」

「……へ？」

突拍子もない言葉に美以は驚いたが、そう問い詰める若冲は真顔だった。

「なんや異国の匂いがしたさかい……」

聞いていた五運の方が呆れたように笑った。

「若冲はん、駱駝《らくだ》や仙人掌《さぼてん》ならいざしらず、さすがにわてかて異国の女子まではよう買われへんで」

たとえ異国の女でなくても、買われたのは同じなのに、と美以は冷ややかに男たちの会話を聞いている。

「白歳《はくさい》はんから、鳥の世話をしてた男衆《おとこし》が、やたら鳥たちに突かれて怪我《けが》して困ってはるて聞いたさかい、ちょうどええと思おて連れてきましたんや。やっぱり鳥でもオスは女衆《おなごし》さんの方がええに決まってまっしゃろ」

「五運さん、あんたえらい別嬪《べっぴん》さん連れてきておくれやして、鳥も大喜びでっしゃろ」

若沖の次弟の白歳は、そう言いながら尾長を籠から出すと、尾長はいきなり鬨の声を作りながら庭先を駆け回りはじめた。

「あっ、まてまて！」

若沖と五運も一緒になって尾長を追い回している。

美以が呆気《あっけ》にとられていると、この世のものとは思えぬような美しい鳥……孔《く》雀《じゃく》が美以の目の前を闊歩《かっぽ》してゆくのだった。見回すと庭は、さまざまな鶏やオウム、インコなどの極彩色の鳥で溢《あふ》れている。

尾長に夢中になっている男たちを眺めながら、美以は手持ちぶさたに真っ赤な実をにょっきりと突き出している奇妙な植物をしゃがみ込んで見つめていた。

「……それは、毒や。触ったらあかん」

「えっ」

美以は、伸ばした手をあわてて引っ込めて振り返った。

藁の元を押さえていた若い男が背後に立っている。

「この庭には毒のある草が、ぎょうさんあるさかいな。気ぃつけや」

振り返った美以は目を瞠《みは》って思わず男を凝視した。

男であるのに、色が抜けるように白く涼しげな目元が印象的だった。

「……それ、天南星《てんなんしょう》ゆう草や」

「こないにきれいな赤い実やのに」

「美しいさかい毒があるのやろ。せやけど煎《せん》じたら中風《ちゅうぶ》の薬にもなる」

若い男は、ぶっきらぼうにそう言うと、出来上がった注連縄からはみ出した藁を器用に切って形を整えはじめた。

ここはきれいなものばかりで、まるで極楽のようだと美以は思った。

「天南星のわきに植わってるんは、ヨモギに似てるけど鳥兜《とりかぶと》ゆう毒草や。紫のきれいな花を咲かせるけどな」

男は鋏《はさみ》の音を鳴らしながら口の端で笑った。

極楽に咲く、毒を持つ花……。

庭を見回している美以の肩に緑色の小さな鳥が止まってちょこんと頭を下げた。

「いやぁ……可愛《かい》らしいなぁ」

美以は、そっと緑の鳥に触れてみた。よく人になれている。緑の小さな鳥は美以の腕を伝って肩から指先に止まり、さかんに頭を下げた。

「この鳥……インコどすか？」

「おまえ……インコを知ってるんか？」

「あ、それは……」

美以は返答に窮して口ごもった。

「その鳥は、砂糖鳥《さとうちょう》いうのや」

「砂糖鳥?」

美以は、まじまじと緑の鳥を見つめた。頭頂部が青く、腹や尻に赤い羽の混じるこの極彩色の小鳥は、首をかしげたまま逆さまになって物にぶら下がる習性があるようだ。

「ひょっとしてこの鳥は……」

と、口にしようとした言葉を、美以はためらうように呑み込んだ。

「ここにいやはる鳥さんらは、みんなオスばかりどすか」

「そうやな。世の中、オスの方がきれいなことになってるさかいな」

尾長をやっと籠に戻した若沖は、ふたたび「よいしょッ」と弟たちと声を合わせて作業に取りかかっている。

「若沖はんは、ふだん店に出はらへんさかい、店は三つ違いの弟の白歳はんと、年の離れた弟の宗右衛門《そうえもん》はんが取り仕切ってはるのや」

ぼんやりと注連縄をなっているのを見ている美以の隣に立って、五運が教えてくれた。

「弟?」

若冲は五十近い年と聞いていた。宗右衛門は二十を少し過ぎたくらいにしか見えない。よほど年の離れた弟であるらしかった。

「どや、おもろい家やろ？」

五運は、にやりと笑って美以を見た。

「……へえ」

美以は答えながら、肩にいた砂糖鳥を指に止まらせて眺めている。

世間の喧噪《けんそう》も貧困も……ここにはいっさい聞こえてこない。ただ美しいものがあるだけ。

そんな空間が、この京の真ん中に存在していることが信じられなかった。

その恐ろしいような美しい楽園で、しかも年の瀬の果ての二十日に、〈神の手に通じる〉とまで言われた絵師が、身なりもかまわずに「よいしょッ、よいしょッ」と懸命に正月の注連縄をなっている。それは夢と現《うつつ》が交わるような不思議な光景であった。

九　独楽窠

美以が、〈枡源〉に来てまず驚いたのは、この家の人々が奉公人も含めて、みな朝昼晩と日に三度も食事をしており、しかも三度とも白い飯を食べていることであった。

店のすぐ奥が台所になっていて、当主の若冲以外は、白歳も宗右衛門もみな奉公人と一緒になってここで食事をする。といっても、手のあいた者が入れ替わり立ち替わり、仕事の合間に飯をかっ込むというようなせわしない食事風景であった。

京都の商家のだいたいがそうであるように、〈枡源〉も大店でありながらふだんは〈しまつ〉な生活を送っており、ふだんのおかずといえば〈あみじゃこ〉のような小魚の煮付けのようなものと具のない汁だけである。それでも、毎日白い米が食べられるのは、美以にとって信じがたい贅沢《ぜいたく》に思えた。

店を取り仕切っている若冲の弟の白歳は、どこか飄々《ひょうひょう》とした気さくな男であった。

当主の若冲こと枡屋源左衛門は、〈旦那はん〉と呼ばれてはいるものの、ほとんど店に出ることがないので、この三つ違いの弟の白歳が〈若旦那《わかだん》さん〉と呼ばれて妻のフジとともに店の一切を取り仕切っていた。若旦那といっても当主の若冲といくつも違わないので、すでに四十を過ぎ初老に近い。

町の寄り合いなどは、世間との付き合いを好まない若冲の代わりに、白歳がせっせと顔を出している。〈白歳〉というのは俳句をよくするこの男の号であったが、世間でもこの俳号で通っていた。八百屋だから野菜の白菜をもじって白歳というらしい。しかし、ほとんど店を取り仕切っているにもかかわらず、白歳は、「この店は、兄さんで持っているようなもんや」と、あくまでも〈旦那はんの弟〉を通している。また、その妻のフジも、〈おフジさん〉と呼ばれていて、〈おいえはん〉と呼ばれると、「あてはこの店のおいえはんと違います」といちいち訂正するような律儀な女であった。

白歳夫妻に子供はなく養子を取る様子もなかったが、もっと奇妙なことには、旦那はんの若冲の方も、もう五十に近いというのに妻とか子らしいものの影がまったく見えないのだった。

〈独楽窠《どくがくか》〉に引き籠もってひたすら絵を描いている。〈独楽窠〉は世間から隔絶されているだけでなく、母屋の人々もほとんど足を踏み入れようとはしなかった。

若冲は絵を描いているとき、弟の宗右衛門を除いてはいっさい人を寄せ付けなかった。

宗右衛門は、店では〈こぼんさん〉と呼ばれていて、昼間は白蔵夫婦の元で店のことを手伝っている。ゆくゆくは、若冲の養子となり、この〈枡源〉の跡取りとなるらしい、というのが周囲の噂《うわさ》であった。

〈こぼんさん〉は、朝の早い〈枡源〉の仕事が終わると、昼過ぎには〈独楽窠〉を訪れ、若冲の仕事を手伝う。宗右衛門は、絵の素養もあり、また幼いときに黄檗《おうばく》宗《しゅう》の寺に預けられていたことから漢籍にも通じていると評判だった。

〈枡源〉は世間一般とは少し違った形ではあったが、表向きはすこぶる安泰に日々を過ごしているようにみえた。

この〈枡源〉で、美以に与えられた仕事は、鳥や草花の世話である。

五運からは、もちろん別のことも言い含められている。

だが、この独楽窠の主はまるで坊さんが朝から晩まで経を読んでいるように、ひたすら絵を描いている。若冲は好んで〈若冲居士《きえこじ》〉という丸い印を落款に押した。〈居士〉とは、出家せずに在家で仏門に帰依する男子に与えられる称号である。その名の通り、若冲の日常はすこぶる禁欲的であった。絹地《きぬじ》に膠《にかわ》絵の具で描く作業は、途中で描き直し、塗り直し、構図の変更などはできないから、おそらくたいへんな集中力と根気を必要とするのだろう。

ときどき、濡れ縁にぼんやりと背中を丸めるようにして座っている。

「あの……お腰でもお揉《も》みしまひょうか」

見かねて美以が声をかけると、いつも、「うん」と子供のような無邪気さで横になった。

「ああ、ええ気持ちやなぁ」

そこや、そこや……などと、のどかに呟《つぶや》いている若冲の姿を見ていると、美以はなんだか信じられないような妙な気持ちになってくる。

「あて……ほんまに、鳥さんのお世話しているだけでええんどすか？」

「ほかに何があるんや？」

逆に若冲の方がいぶかしげに聞き返してくる。

美以は口ごもった。

「変わった女衆やなぁ」

と、若冲はぼやいているが、美以にしてみれば、この主の方がよほど変わっているように思えた。

そうしているうちに若冲は、すぅすぅとすこやかな寝息を立てながら居眠りしはじめる。それが大きな体に似合わず口元が笑っているような可愛い寝顔なのである。

いったい、旦那はんはどういうお方なんやろ、と美以には途方もない人のように思われるのだった。

はじめはおっかなびっくり鳥たちに接していた美以も、だんだんと飼い鳥たちに親しむようになり、〈枡源〉での暮らしにも慣れていった。

最初に仲良くなったのは砂糖鳥である。頭頂部の青いぽっちりから、美以は勝手に〈瑠璃《る》〉と名付けた。

「こんな鳥が、ほんまにこの世にいるんどすなぁ……」

美以が驚嘆したのは、金鶏《きんけい》という黄金色《こがねいろ》の襟巻《えりま》きをしているような金と赤の美しい鳥だった。

……以前、この鳥を描いた絵を見たことがある。

だがそのとき、こんな美しい鳥が、この世に存在するとは思ってもみなかった。

しかし、値もたいへんなものだという。庭を闊歩《かっぽ》している孔雀などは千両もすると噂に聞いて美以は卒倒しそうになった。

「あんたなぁ、死んでしもたらあかんえ」

自分が世話をしている間に、具合が悪くなったりしたらどうしよう、と美以は気が気ではなくて、ときどき鳥たちにそんなことを言い聞かせたりした。

それにしても、この家はたいへんな金持ちであるらしい。高価な孔雀たちが闊歩していくるだけではない。その鳥たちに毎日与えられている餌《えさ》がまた高価なものばかりだった。

特に砂糖鳥の餌は、特別に店の方からさまざまな水菓子《みずがし》が回されてくる。その名の通り、甘いものを餌にするのだ。

「こんな高いもんを……」

美以は、生まれてこの方、桃や瓜などの水菓子を口にしたことはほとんどなかった。

「瑠璃、あんなぁ、その桃、あまいか？　……あまいやろなぁ」

無心についばむ砂糖鳥の瑠璃を見ているうちに、我慢できなくてつい、そのついばんだあとの桃の種を、美以は頬張って、その甘さに驚いた。

「……あまい」

餌をやりながら、鳥と奪い合うように夢中になってむさぼり食べている美以は、背後の人影に気付き、ぎょっとして振り向いた。

若沖が呆《あき》れたように、鳥に囲まれた美以を見つめている。

……叱られる。

一瞬身をすくめた美以の姿に、若沖はくすっと笑っただけだった。

「……すんまへん。あの、かんにんしておくれやす」

「そんな食べ残し食べんかって、一緒に食べたらええやろ」

「……え？」

「砂糖鳥が一羽増えたようやな」

美以は、このときはじめて若冲が相好《そうごう》を崩したのを見た。

翌日から、店から回ってくる餌が少し増えたようだった。

……私は、鳥たちと同じなのだ。

美以はふと、そう思った。

だが、ふつうの奉公人とて、考えようによってはそれは同じかもしれない。みな、餌を与えられ、飼われているようなものなのだろう。

十　紅毛紺青

若冲が画室に閉じこもって絵を描くのは、朝早くから日が暮れるまでであった。神経質な男らしく、道具の手入れなども他人任せにはせず、自らの手で念入りにしないと気がすまない。

日が西に傾きかけると、画室に入る光線が変わるからであろう、早々に手を止めて井戸端で道具を洗いはじめる。

そして、その日に描いた膨大な反故《ほご》の下絵などはまとめて母屋へと運ばれてゆく。紙が貴重だったこの時代、反故にした紙でも真っ黒になるまで使うのがふつうであるのに、若冲は惜しげもなく焚《た》き付けにしてしまうのである。

それどころか、完成寸前の絹本《けんぽん》でさえ、ちょっとした描き損じができると、若冲はためらいもなく庭で燃やしてしまうのだった。

美以は、庭で煙が立っていることに気付き、ふとその様子を垣間《かいま》見た瞬間、思わず戦慄した。美しい絵が、一瞬のうちに燃え上がって消えてゆくのを、若冲は無表情に眺めている。それは鬼気迫るような近寄りがたい光景であった。

惜しむ気持ちよりも、半端なものを世に残すことを懼《おそ》れている。ふつうの〈絵描きはん〉の感覚では理解できないような完璧主義に若冲は貫かれていた。

あるいは。

絵で食べていかなくても生きていける環境が、逆に、若冲をこの修行のような厳しさに駆り立てていたといえるのかもしれない。

人懐っこい砂糖鳥の瑠璃は、若冲が出てくると飛んでいって、若冲の頭に糞《ふん》を落としたり、干してある筆を囓《かじ》ったりするので、美以はいつもハラハラした。

「すんまへんなぁ、いたずらな鳥さんや……」

若冲は気にする様子もなく、別のきれいな色のインコを肩に止まらせて作業を続けている。

手を動かす振動に合わせてインコはいい声で鳴いた。

美以は、そっと眺めながら、その筆を見て、いつも不思議に思うのだった。ふつうの筆ではないような気がした。

「これはな……鼠《ねずみ》の髭《ひげ》や」

若冲は、ふっと振り返ると、美以に洗った筆先を見せた。

ときどき……若冲は、美以の心の声に応えるように話しかけてくる。そのたびに、美以は心の内を見透かされたような気がしてどきどきした。

「……鼠?」

こんな長い髭を持つ鼠がいるのだろうか、と美以は、気味悪そうに筆を見つめている。

「唐の国の大きな川に浮かぶ帆掛《ほか》け船に巣くう鼠の髭なんやそうや」

「まぁ、唐の国の」

それにしても、どうやって唐の国の川船に巣くう鼠の髭が京の町絵師の元にやってくるのか、美以はそのことが不思議でならなかった。

「せやけど、それはな……嘘《うそ》やろな」

「え？」

「ほんまは、琵琶《びわ》湖《こ》に浮かぶ船に巣くう鼠の髭やろ」

「……あ」

思わず、美以が声を上げたのは、思い当たる節があったからだ。

「もしかして、蒔絵《まきえ》の筆みたいなもんどすか？」

「……あんた、よう知ってはるな」

美以は、はっとして面《おもて》を伏せた。首筋まで赤くなっていて、それはこの娘の色の白さをさらに際立たせていた。

「うちの隣に、蒔絵の春正《しゅんしょう》先生のお弟子さんがいはって……」

幼い頃の美以は、猫のように垣根のほころびをくぐって庭続きの蒔絵師の家に遊びに行ったものだった。

「わしも、最初に絵ぇを習《なろ》うたんは、蒔絵の春正先生のお弟子さんやった。春敬先生いうお方や」

「えっ、春敬先生？　うちのお隣さんどす」

「なんや……あの御所《ごしょ》近くの泉町《いずみちょう》の？」

「へぇ、そうどす」

美以は、思わぬところで懐かしい名前を聞き、顔をほころばせたが、一方で、ちょっと意外な気もした。

「旦那はんほどの絵描きはんが、春敬先生に……」

「そうや。〈春教〉ゆう名もいただいとる」

泉町の春敬先生は、江戸のはじめから続く〈春正塗《しゅんしょうぬり》〉で知られる蒔絵師……このときは四代目山本春正《やまもとしゅんしょう》の弟子であったが、一応、京狩野の流れを汲むものの、本業は蒔絵であったから、本格的な絵師を目指す者の師匠に足《た》る人物とは思われなかった。

「わしは昔から鈍《どん》でな……」

幼い頃の若冲は、ものもしゃべらず、行動も鈍く、日がな一日放っておくと絵ばかり描いているような子供だったという。

「とても〈枡源〉を継げるとも思われなんだのやろ」

京の裕福な家では、愚鈍《ぐどん》な子供には、「まぁ、絵でもやらせ」ということがよくあった。絵描きの元に通わせる、というより、体《てい》のいい厄介払《やっかいばら》いである。名流に入門させ、本格的な絵師に仕立てようという意図があるわけでもないから、蒔絵の職人でも何でも、とにかく絵師と名のつく者ならば誰でもよかった。なにしろ京の町には絵師と称する者は掃《は》いて捨てるほどいるし、また、たしかに多少でも絵が描ければ、友禅の下絵描きでもなんでも、なにかと食うに困らない、というのが京という土地柄であったのだ。

美以は、思わず笑ってしまった。

「あても……」

生家が没落したとき、友禅の工房を営んでいた祖父母の元に引き取られたのは絵の心得があったからだ。美以の場合、父親が多少の絵心があったので、最初の手ほどきはこの父から受けた。

「父が絵を描くときは、よく絵の具を溶いたり、手伝いをしたもんどした」

美以は、そっと、若冲の手についた青い顔料を指した。

「旦那はんの手についたこの色は……もしかして、〈舶来群青《ラピスラズリ》〉どすか？」

この家には、舶来の高価な絵の具が溢れているようだ。

若冲は驚いたように作業の手を止めた。

「……あんた、ようそんな名を知ってるな」

美以は、あわてて口をつぐんで俯《うつむ》いた。

「これは群青やない。〈べれんす〉ゆう絵の具や」

「……べれんす！」

美以は、その名を父親から聞いたことはあったが、もちろん本物など見たことはない。おそらく父親も話に聞くばかりで、本当のベレンスがどのような青だったか知らなかっただろう。

ベレンスとは、紅毛紺青《ベレインブラアク》というベルリンで数十年前に発明されたばかりの新しい絵の具の通称である。〈ベレインブラアク〉という名は、オランダ語の〈ベルリンの青〉という意味で、ほんの数年前から、オランダを経由して長崎に入ってくるようになったという。それが巡り巡って、京の若冲の画室ですでに絵の具として使われている……美以は、紺青《こんじょう》のたどってきた途方もない道のりに思いを馳《は》せた。

「新しい絵の具は、今は色鮮やかやけどな……百年二百年経《た》ったとき、どうなるやろ……時が過ぎてみいひんとわからへん。せやけど、わしはそれを見届けることはできひんのや」

と言ってから、ふと若冲は、「あんたな……絵を見るか」と顔を上げて美以を見つめた。

気まぐれを起こしたらしい。

若冲はこの数年、『動植綵絵《どうしょくさいえ》』とのちにいわれる絹本の細密画を着々と描き進めていた。

美以は、そのとき、はじめて若冲の画室に足を踏み入れた。

「あっ……」

美以は、作製中の床に広げられた絵を見て、息を呑《の》んだ。

今まで見たことのないような大きさの絹地であった。おそらくは、異国から取り寄せたものなのだろう。

そこにみっちりと、さまざまな魚が泳いでいる。まるで水の中にいるような絵であった。

それは生まれてはじめて見る異様な世界だった。絵の上下には余白というものがないせいか、じっと見ていると目眩《めまい》がするようでもあり、それなのにずっと見ていたいような不思議な魅力がある。

「まるで、魚の図譜のような……」

「このルリハタの色が〈べれんす〉や」

群魚の中に青い魚が泳いでいる。

美以は、その絵の色の鮮やかさ、奥深さに目を奪われた。

使っている絵の具が、ふつうの絵師とはまったく違っている。

「裏からも彩色《さいしき》するとな、色の深みが違《ちご》うてくるのや」

しかしそれは、まるで気の遠くなるような作業だろう。

春敬先生の元で絵を学んでいた若冲は、やがて狩野派《かのうは》の粉本《ふんぽん》主義に飽き足らなくなり、京の寺をまわり、中国の元《げん》や明《みん》の時代の絵を熱心に模写した。山水画や人物画には目もくれず、ひたすら花卉鳥獣《かきちょうじゅう》の絵を写した。

「山水画は描かはらへんのどすか？」

「この国には、美しい風景も、美しい人物もない」

若冲があまりにきっぱりと言うので、美以は困ったように俯いた。

それにしても、どうすればこのような絵が描けるのだろう。ふだんは茫洋《ぼうよう》としている男が、絵筆を握ると別人のようになって、絹地を舐《な》めるように顔を近づけ執拗《しつよう》に描いてゆくのである。

絵を描くというより、どこか写経などに通じるような……信仰に近い匂いがそこにはあった。

神に近づくための修行。

そのために世の中の万物を極彩色のままに写し取っているようにも見えた。

若冲の絵は、描いている本人だけでなく、見る側をも、なにか信仰に近い崇高な気持ちにさせるものがある。

いいも悪いもなく、今、ここにいられることに……こうして絵を間近に見られることだけで、美以は胸がいっぱいになるような気がした。

「なんだか、お魚の目がキラキラ光って見えるようどす」

美以は、矯《た》めつ眇《すが》めつ眺めながら嘆息した。

「……目には漆《うるし》を盛ってあるのや」

「あっ！」

思わず、美以は頬を紅潮させて若冲を見つめた。

春敬先生の元にいたのであれば、漆を使うのはお手のものであったろう。

描かれた鳥や魚の目には感情が宿らない。

それは若冲の絵の特徴のひとつかもしれなかった。若冲は、絵の中から過剰な感情が滲《にじ》み出ることを好まなかった。その揺れ動きのない静謐《せいひつ》さが、逆に見る者の心を映してゆくのだ。

「あの……」

美以は、口ごもりながら、ずっと気になっていたことを尋ねた。

「旦那はんは、昔……砂糖鳥の絵を描かはったことはあらしまへんか？」

「砂糖鳥？」

「それとか……金鶏とか」

「なんでそんなことを聞くのや？」

珍しく若冲の口ぶりが詰問調《きつもんちょう》になった。

「あの……昔、あてのおじいさんが、花鳥を描いた六枚の絵を下絵にして、着物を染めたことがあるんどす。あてが下絵を描かしてもらいました……こないな絵どした」

美以は、置いてあった筆で反故にした紙に、小さい鳥が、病葉《わくらば》のある木にぽつんと止まっている絵を描いて見せた。

「もう一図は、雪の竹林に金鶏が、こんなふうに……」

若冲は、美以の描いた絵を呆然《ぼうぜん》と見つめている。

美以は、全部で六図を描いた。

その昔、この六図を一図ずつそれぞれ着物にしてほしいと六枚の着物の注文が来た。美以は、着物用に下図に写しながら、この鳥たちはずっと架空の鳥だと思い込んでいたのである。

「あて……あの鳥さんらのことが、ずっと忘れられしまへんのどす。なんやきれいやけど、寂しいような……」

「誰がその着物を？」

美以は沈黙した。

……言えるはずがない。

首を振りながら、美以は心の中で反芻《はんすう》している。

「あんたの両親《ふたおや》は知っとるやろ？」

若冲は、たたみかけるように問い糾《ただ》した。

「……お父はんも、お母はんも、もう……いてしまへん」

美以は、小さく呟いた。

「やっぱり、旦那はんのお描きやした絵どしたか？」

若冲は答えずに、押し黙ったまま反故紙に描かれた絵を凝視している。

……この人が、描かはった絵ぇやったんや。

美以は急に息苦しさを覚えて、思わず大きくため息をついた。

それにしても。

その反故紙に描かれた絵は、一見してその技量がただものではないことを物語っていた。

以来、美以は、若冲の画室で絵の具溶きなどを手伝うようになった。おそらく若冲は、美以のその繊細な感性が気に入ったのだろう。

「おまえ、なんや匂うで」

宗右衛門は、美以が若冲の画室にやってくるたびに、必ずそう言って顔をしかめた。美以が出入りしたあとは、部屋のどこかに残り香が漂っている。

たしかに美以には奇妙な体臭があった。赤ん坊の体から甘い匂いがするように、近寄ると何か甘酸《あまず》っぱいような匂いがする。

若冲は朝が早い。鶏たちが一斉に鬨《とき》を作る頃には、墨をすったり絵の具を溶いたりしている。墨は、毎日する。どんなに高価な墨でも、前日の宿墨《しゅくぼく》は使わなかった。

美以は、墨をする若冲のその背中をそっと戸の隙間《すきま》から垣間見るのが好きだった。あたりに墨のかすかな匂いが漂ってくる。若冲は、乾隆御墨《けんりゅうぎょぼく》と呼ばれる清《しん》の国の皇帝が特別に作らせたという墨を長崎から取り寄せていた。当時、すでに長崎という小さなほころびのような穴から、思いもかけぬ世界の文物が流れ込んできていたのである。

乾隆御墨の墨色は、澄んだ瞳のような輝きのある黒色だった。

静かに墨をする若冲の少し丸めた背中を見ているだけで、若冲の静かな心の躍動感が伝わってくるようだ。

「この絵は、わしが死んだあともずっと生き続けてゆくやろ」

若冲は言う。

「そうどすなぁ」

美以は、若冲のそばでしんと座ったまま頷《うなず》く。

でも、心の中では、なにか泣きたいような気持ちになることがあった。

……さみしくはないだろうか。

若冲によって命を吹き込まれ、この世に送り出されたこの美しい絵の中の鳥たちは、花たちは、魚たちは……これから何十年か、何百年か、気の遠くなるような歳月を、ずっと暗い蔵の中で孤独に耐えて生き存《なが》らえてゆくことになるのだ。

それはとてつもなく孤独なことのようにも、美以には思われるのだった。

十一　千花紋

祇園囃子《ぎおんばやし》が聞こえる。

四条《しじょう》通りに面した薬種問屋分銅屋《ふんどうや》の二階から、宗右衛門は身を乗り出すようにして目の前を巡行してゆく山鉾《やまほこ》を眺めていた。この分銅屋は、白歳《はくさい》の妻フジの実家でもあった。

美以は、部屋の入口近くにちょこんと座っている。

「……気詰まりやな」

宗右衛門は、ぽつりと呟《つぶや》いた。

美以は困って、団扇《うちわ》で懸命に宗右衛門に風を送っている。

狭い二階の一室で、〈こぼんさん〉と二人っきりで祇園祭を見物するのは、美以にとってもとても苦痛であった。

ろうとしているのだろうか。

宗右衛門は手を叩《たた》いて店の小者を呼んだ。祇園の馴染《なじ》みの女の元にでも使いをやろうとしているのだろうか。

宗右衛門は、朝は〈枡源〉の家業を、そのあとは若冲の身の回りの手伝いをしてから、夜な夜な花街に遊びに行くことで知られていた。

まだ年若いのに、実にきれいに遊ぶという。

花街に入り浸ってはいても、その中の女を落籍《ひか》して囲うとか、家に入れるということには関心がないらしい。

そのかわり、枡源には節季《せっき》ごとに膨大《ぼうだい》な請求が届いた。もちろん、誰もとがめだてすることもなく店の者はきちんと支払う。

若冲はもとより、白歳や店の者も、誰もがそのことに対して寛大であった。

宗右衛門の浪費など、枡源の財力の前にはなにほどのものでもなかったのだろう。

美以は困惑した表情で、宗右衛門と店の者のやりとりを聞いている。

「あのぅ、あて……」

早く店に戻って、鳥の世話でもしていたかった。

「まぁ、ゆっくりそこに居《お》ったらええ」

それを宗右衛門は許さない。

宗右衛門は、美以といくつも違いはないのに、どこか老成しているようなところがあった。

「宗ぼん、美以に祇園さんを見せたってや」

と、若沖は宗右衛門に美以を託し、フジの実家である分銅屋に話をつけてくれたために、美以はこのような息苦しい思いをしている。

「それにしても、すごい人出やな」

宗右衛門は気のない様子で呟いている。

「はぁ、そうどすなぁ」

美以は、また沈黙が続くことに耐え切れずに、ふと思い出したその昔の話……祇園祭の雑踏で迷子になったことなどを語った。

「ねえやの姿を見失のうてしもうて、心細うて泣いてたら、どっからか男の子が現れて、そっとうちの手を握ってくれはったんどす」

それは一瞬のことだった。

「大丈夫や。ここでじっと待ってたらええ。動いたらあかん」

心細くて、泣き叫びながら、ねえやの姿を求めて雑踏の中に入り込んでゆこうとする美以の手を、ぎゅっと握りしめて男の子は引き留めた。

どれくらいの時が過ぎただろうか。

ねえやの姿に気付いて駆け寄った美以が、ふと振り返ってみると、もう男の子の姿は見えなくなっていた。

「あのとき……あては祇園さんのお稚児《ちご》さんが鉾の上から下りてきて助けておくれやしたような気がしたもんどした。なんや神々しいような……きれいなお子どした」

じっと宗右衛門は窓の外を眺めながら聞いている。

「あのな、山鉾のまわりを飾っている織物なぁ、あれは天竺《てんじく》よりもっと遠い国から来たそうやで」

いきなり宗右衛門は、ぽつりぽつりと独り言を言うように山鉾の説明をしはじめた。

「あの懸装品《けんそうひん》の織物はな、西陣でもどうやっても織れへんのやて」

「そうどすか……」

美以は口の中で小さく答えた。つまらない昔話をしてしまったことが急に恥ずかしくなってくる。それにしても、じっとしていても汗が着物の中を伝ってくるような暑さだ。

「……異国では石の家に住んでるさかい寒いやろ。それで壁にはあないに分厚い織物をかけるそうや」

宗右衛門は、驚くほど物知りだった。

「祇園の山鉾を飾る裂《きれ》が、どないな経緯《いきさつ》で町衆の手元に渡ってきたのか知らんけど、とにかく今から百年以上昔に織られた綴織《つづれおり》が、いくつも海を渡ったり、山を越えて、この国にやってきたんやろな」

宗右衛門が子供の頃暮らしていた家には、この綴織を衝立《ついたて》にしたものがあったという。そこには、ユニコーンと乙女が一面の花とともに描かれていた。

「異国では〈千花紋《ミルフルール》〉ゆうらしい」

「今でも、その千花紋の綴織は〈枡源〉に?」

「いや……」

宗右衛門は、「わしは小さい頃は別の家にいたんや」と言い添えた。

その家にあった綴織は遠くヨーロッパから清《しん》国を横断して長崎に入ってきたと言われていた。

「駱駝《らくだ》の背に乗って、長いこと山や砂漠を旅してきたんやろな」

祇園祭の山鉾を飾る懸装品も、東インド会社を経由して日本に渡ってきたものだという。

「なんで来たんかというとな……それは、疫病が流行《はや》ったからなんや」

一説によると、今から百年以上前のヨーロッパでは黒死病《ペスト》が大流行した。やがて、鼠が病原菌を運ぶということがわかってきた。そして、その一因が壁掛《タペストリー》にあることも……。

当時、何年も壁につるされたままの壁掛の裏は鼠の死骸や糞など病原菌の巣窟《そうくつ》になっていたのである。

流行病《はやりやまい》と壁掛との関係に気付いた人々は、この病巣の元を見つけ次第焼き捨てた。しかし、焼いてしまうのはあまりに惜しいと……一部の商人たちは、疫病のことを知らない東洋の人々に、この壁掛を高額で売りつけたのである。

「まぁ……」

美以は恐ろしくなって身震いした。

美しいものには毒がある、と宗右衛門が以前呟いていた言葉を思い出した。

「もう病の元も消えてしもうてるやろうけど……」

祇園会《ぎおんえ》が、やはり疫病の退散を願った祭りであることを考え合わせると、それは奇妙な一致でもあった。あるいは、そうした修羅場《しゅらば》をかいくぐってきたものだからこそ神聖視され、悪疫《あくえき》退散の神事に用いられているのかもしれなかった。

フランスで花開いた綴織の文化は、流れ流れて京の都に今も息づいている。

「京の都は、ヨーロッパや唐《から》の国や朝鮮の……あっちゃこっちゃからの文物が集まってくるどん詰まりなんかもしれへんな」

宗右衛門は、どこか俯瞰《ふかん》して世の中を見ているようなところがあった。

「箱根の山の向こうの蛮人《ばんじん》にはわからんことやろ。江戸などというところは、こないな綴織のできた頃は、ただの野っ原やったところやさかい」

まだ、この頃……少なくとも京の町に住んでいる者にとっては、京の都が世界の中心であった。

階下から、甲高《かんだか》い女の声がして、あでやかな着物の女が入ってきた。

ふわりといい匂いがする。香《こう》を焚《た》きしめているのだろう。美以の体から発散する匂いとは、まったく違っていた。

「今日はほんま暑おすなぁ。ちょっと抜けてきたのんやさかい、すぐ戻らなあかんのどすえ」

女はそう言ってから、やっと美以に気付いたように、「こんにちは」とにっこりと挨拶をした。

美以は、身の置き所がないようで、もじもじしている。

「あの、あては……」

帰ろうと立ち上がるのを、宗右衛門が押しとどめた。

「お帰りにならはらんといておくれやす。そやないと、なんやうちが追い返したみたいどすさかい」

と、女も一緒になってやんわりと取りなすので、美以は居心地悪そうに腰を浮かしたままオロオロしている。どうやら宗右衛門は、美以が困った顔をするのを見て内心面白がっているようだ。

女を困らせて、女の悲しそうな顔を見ると喜ぶ男がいる。宗右衛門にはそうした性癖があるらしい。

「……ユニコーンって知ったはるか」

宗右衛門は、ふと思い出したように言った。

「ユニコーン？」

「西洋の霊獣でな、頭に長い角《つの》のある馬や」

「……角のある馬」

美以には、想像もつかなかった。

「ユニコーンは、荒ぶる魂を持つ誇り高い獣で、束縛されるの嫌やゆうて、捕らえようとしても手強《てごお》うて誰も手をつけられへんのや」

それが、と宗右衛門は続けた。

「なんでか知らんけど、若い女衆には懐《なつ》いて甘えるんやて」

何を思い出したのか、宗右衛門は小さく笑った。

「兄さんの印《いん》があるやろう、いつも腰に提げている……」

「へえ」

「あれも、ユニコーンやで」

「えっ」

若冲はいつも〈若冲居士〉と彫り込んだ丸い印章に紐《ひも》をつけて腰帯に提げている。美以は、いつも目にしているこの印材を、てっきり象牙《ぞうげ》だと思っていた。

「ほんまにユニコーンたらゆう生き物が、この世にいてはるんどすなぁ」

「ははは、法螺話《ほらばなし》と思うて聞いてたんかいな」

考えてみたら、象牙の象という動物だって、虎だって、絵には描かれているが実際に見たことのある者はいない。

若冲のユニコーンの印には、持ち手である鈕《つまみ》の部分には獅子が彫られていた。

「この世で一番強いのは、獅子とユニコーンということなんやろ」

「旦那はんが……」

そうしたことを意図して生きているようには思えなかった。権力とはもっとも遠いところで、淡々と生きている人だと思っていたのに。

「あんたはまだなんも知らんのや」

そう言って、宗右衛門は言葉を濁《にご》した。

「兄さんは争うということをせぇへんお人や。世俗の欲というもんも、どこぞに置き忘れてきたようなお人や。せやけど、ほんまは……そういうお人が一番こわいんと違うやろか」

本当の強さとは、権力を誇示することではなく、もっと内面的な深いところにあるのだろうか。若冲の孤独には誰も踏み込めない。その孤独に守られるようにして若冲は生きている。

「あっ、菊水鉾や……」

外を眺めていた芸妓がはしゃいだ声を上げた。

美以にはよくわからなかった。

この世の……今、この瞬間でさえ、夢の中にいるような気がすることがある。

夢から覚めたときの、あの喪失感。

美以は、現実を生きていながら、ふっと時折その喪失感を思い出してはおびえているような気がするのだった。

伊藤若冲『乗興舟』(部分)　千葉市美術館蔵

雪佳「あの『乗興舟《じょうきょうしゅう》』いう摺物《すりもの》は不思議なもんどすなぁ。染屋さんの中には、あれは摺物というより友禅のようや言わはる人もいてます」

極子「そうどすか。けど、昔は案外あんなんは簡単に摺ってたんと違いますやろか。美以さんなどは、友禅のことよう知ってはったさかい、あんじょう摺ったはりました。そういえば、あの版木は、そのあとずっと、縁続きのお向かいさんの家の、濡れ縁の下張りになってたんどすえ」

明和四年（1767）　淀川下り

十二　月下夜船

人生の変転は、いつもなんの前触れもなくある日突然やってくるものらしい。

「……美以《みい》、大坂に行くで」

若冲《じゃくちゅう》はその日、家の者が持ってきた書状を読むなり、庭にいる美以を呼んだ。

「はようせぇ。旅支度は、大坂でしたらええ」

「えっ、あの……あても？」

「わけは船の中でや」

若冲はもともと口数の少ない男だが、よほどあわてているらしく、言葉を発するのももどかしい様子で、自らも着替えはじめている。

美以は、ぼんやりと立ち尽くしていた。

今から伏見《ふしみ》に急げば、夕刻の船に乗って淀川《よどがわ》を下り、明日の朝には大坂の天満橋《てんまばし》に到着するはずだ。京の伏見から、大坂天満橋までは下りが半日、上りが一日がかりの乗合船が運航している。若冲がせかすのは、この船にどうしても乗らなければならないからであった。

だが、船着き場に到着したときには、すでに今日の船は出てしまっていた。

途方に暮れていると、「これは若冲どの」と声をかける者がいる。

寺の中間《ちゅうげん》の老人であった。

「大典《だいてん》さまのお供で……」

大典禅師は数年前まで臨済宗相国寺慈雲庵《りんざいしゅうしょうこくじじうんあん》の住持《じゅうじ》であったが、今は隠居して市井に暮らしている。仏学、経義、詩文に通じた当代随一の学僧としてその名は都では知らぬ者はいない存在であった。

所用があり船で大坂に下るという大典の特別に仕立てた船に二人は同乗させてもらうことになった。

「……若冲どのから頼みごととは、珍しいこともあるものだ」

美以が驚いたのは、大典が、たいへん慇懃《いんぎん》な態度で若冲を迎えたことであった。

しかも、美以が想像していたよりずっと若い。美以は勝手に、大典禅師という偉いお坊様は老僧だとばかり思っていたのだが、実際には若冲よりだいぶ年下に見えた。

しかし、その太い眉の下の小さな目からは感情がいっさい見えてこない。

「美以や、あのな……わしの名は、こちらの大典さまにつけていただいたんやで」

美以のおびえた様子に、若冲は取りなすように小声で囁《ささや》いた。

「『老子《ろうし》』いう書物に、『大盈《だいえい》は冲《むな》しきが若《ごと》きも、其の用は窮《きわ》まらず』ゆう言葉があるそうや」

大盈若冲……満ち足りているものは空虚のようにみえるが、それを用いれば尽きることがない、という意味であるらしい。

「……むなしきが、ごとし」

美以は、口の中で小さく呟《つぶや》いた。

空虚にみえて、それでいてそこには永遠の拡《ひろ》がりを秘めている……そう解釈すると、実にその名はこの男の本質を言い当てているようでもあった。

船が艫綱《ともづな》をとくと、若冲は大典に向かっていきなり、「この者の父親が……」と、切り出したので、美以は息が止まるほど驚いた。

若冲が、美以の父親のことを知っているとは、夢にも思わなかったのである。

「わしもさっき、浪華《なにわ》の五運《ごうん》さんからの書状で知ったのや」

美以は、沈黙した。今日届いた早飛脚は、大坂の吉野五運からのものであったという。

「……竹内式部《たけうちしきぶ》どのが島流しになるそうや」

「……え」

美以は、声を失った。

「ほう……」

と、大典は驚いたように美以を見つめている。

「なんで、そのような……」

父の名が突然出てきたことにも驚いたが、それよりも〈島流し〉という言葉に、美以は呆然《ぼうぜん》となった。

美以の父、竹内式部は山崎闇斎《やまざきあんさい》の流れを汲《く》む垂加神道《すいかしんとう》の第一人者といわれ、公家《くげ》から地下《ぢげ》の庶民まで、一時は七百とも八百ともいわれる大勢の弟子を抱えていた。特に若い公家たちの中には、式部の尊皇《そんのう》思想に感化され、武芸をはじめたり、若き桃園《ももぞの》天皇にじきじき進講をさせようという動きや、果ては王政復古《おうせいふっこ》を唱える者まで出てきたことから、危機感を抱いた摂関家《せっかんけ》より、「幕府転覆の企《くわだ》てあり」と訴えられ……式部は都を追放されたのである。

実際には、熱心な尊皇家であったというだけで、竹内式部にそれほど大それた計画があったとも思われない。式部は学者でありながら、一冊の著述も一篇の詩歌すら残さなかった。書斎派の学者ではなく、多くの弟子たちに慕われたすぐれた教育者とでもいうべき男であったのだ。

裏でいったい何があったのか……。

都を追われ、故郷の越後《えちご》に帰るという父親に対して、京で生まれ育った母親は、どうしても都を離れたくない、と長女の美以と妹、そしてまだ乳飲《ちの》み子だった弟を連れて友禅の染物業を営んでいた実家に戻った。あれほど大勢いた出入りの若い公家たちや弟子たちとの交流もぱったりと絶えた。

母にはすぐに縁談が持ち込まれ、子供たちも一緒に婚家に引き取られるはずだったのだが……なぜか美以だけが、祖父母の家に残されたのである。

「年頃の娘が、義父とはいえ、他人の男とひとつ屋根の下に暮らすのはええことないやろ」

と、周囲の人々の配慮があったからという。

そのとき、美以は十三だった。だが、すでに妙な色香を持つ少女に成長していた。母親は、直感的に美以の女の部分に言いしれぬ危うさを感じていたのだろう。

「おまえは、父親に似ていたから」

祖父母は、美以を不憫《ふびん》がってそう言うのだった。

たしかに美以は、父親によく似ていた。

美以の顔を見ていると、夫を思い出していたたまれない、という理由もあったかもしれないし、母親はどこかでこの父親似の美しい娘に嫉妬していたのかもしれない。

「……この娘は、友禅の下絵描きだったお祖父《じい》さんとお祖母《ばあ》さんに育てられたのを、浪華の五運さんが見つけて、うちによこしてくれはったんです」

若沖が、そう大典に説明するのを聞いて、美以は内心ホッとした。

……旦那はんは、なんにも知らはらへんのや。

それにしても、いきなり島流しとは、どういうことなのだろう。

五運からの書状によると、甲州《こうしゅう》の方で胡乱《うろん》な者たちが捕まり……その者たちが、竹内式部の教え子であったということから騒ぎが大きくなったということであった。

「そんな……たったそれきりのことで？」

美以は目を瞠《みは》った。

「竹内どののことなら聞いている」

大典は、静かに言った。

「都から所払《ところばら》いになっていたのに、山城国《やましろ》に舞い戻っていたという。そのことが沙汰《さた》になったのだろう」

「お父はんが……山城国に？」

なぜ、都近くまで舞い戻ってきたのだろうか。もはや親子ちりぢりになって、二度とこの世では会うこともないと思っていたのに。

「すでに竹内どのは東海道を東下《とうか》して江戸に向かっているそうや。大坂から船で先回りして江戸に行ったら、見送りができるかもしれへんで」

肩を落とす美以に、若冲は慰めるように声をかけた。

「島送りて、いったいどこへ……」

「八丈島やそうや。永代橋《えいたいばし》からの船やという」

若冲は黙りこくった。

「……永代か」

大典は、低く呟いた。

「永代橋？」

美以は気になって聞き返した。

「芝金杉橋《しばかなすぎばし》から出る船であれば、御赦免《ごしゃめん》ということもあるというが、永代橋から出た島送りの船に乗った者は、万が一にも戻れないという」

大典は静かに答えた。

美以は、ぼんやりしてしまって、涙も出なかった。

「あてのお父はんは、そんな大それた罪を犯さはったんどっしゃろか……」

ポツリと呟く声は、川の波音にかき消されたためか、若冲も大典も何も答えなかった。

越後にいるはずの父が、山城国まで来ていたというのは、どういうことなのだろうか。やはり、何か悪い企《たくら》みがあってのことだったのだろうか。

あの、やさしかった父が、なぜ……。

人々の噂の中の竹内式部は、まるで別人のような悪人になっているのが、美以はそら恐ろしかった。

「式部どのは、絵もよくされていたな」

大典が思い出したように呟いたので、若冲も美以も意外な面持ちで、そっと顔を見合わせた。もしかしたら、大典禅師と竹内式部とは面識があったのだろうか。

船が進んでいく向こうの闇からは、酒造りの唄が響いてくる。

伏見には、川沿いに酒蔵が点在していた。

夜になると、蔵人《くらびと》たちは酒樽《さかだる》の中に櫂《かい》を入れて攪拌《かくはん》する。その頃合いは、その日の温度などによって違ってくる。その微妙な違いを、それぞれの蔵の杜氏《とうじ》は勘案して櫂を入れる……その長さを唄によって計るのだ。

美以は目を閉じて波の間に間に聞こえる酒唄に耳を澄ましているうちに、うとうと眠ってしまったらしい。

船の艪《ろ》の音に目を覚ますと、いつの間にか若冲の肩にもたれて眠りこけていた。

「……あっ」

あわてて体を起こすと、若冲は絵を描いていた。

ぼんやりと美以はその絵を見つめた。

「この国には美しいものがない」と、山水画をほとんど描かない若冲が、珍しいことに、月明かりに煌々《こうこう》と照らし出されて、漆黒の闇から浮かび上がる川の両岸の風景を描いている。

「まるで、友禅のようどす……」

若冲の絵の墨の濃淡を見つめながら、美以はふと、祖父の工房で見た鮮やかな染めの濃淡を思い出していた。

若冲は、美以の声に気付いて、その肩に自分の羽織をかけてくれた。

巻紙は、長く長く続いている。それは、淀川の流れのままのようにも、人生の流れのようにも思われた。

傍《かたわ》らでは、大典が漢詩をしたためている。

大典は、京の禅林を代表する詩僧であった。

詩と絵と……二人は無言で筆を動かしている。言葉は何も発していなくても、同じ景色を見て、それぞれの感じたままに表現して……お互いの作り上げたものを楽しんでいる。

驚いたことに、どうやら二人の心はまるで唐《から》の国の大河でも下っているような心持ちになっているらしい。あるいは流刑者の娘が傍《かたわ》らにいるということが、彼らを多分に感傷的にさせているのかもしれなかった。

波が船板を叩いてゆく。

次第に空はうっすらと明けはじめたようだ。

十三　浪華の風

美以と若冲が大坂の吉野五運の家に到着した頃には、すでに新しい情報が入ってきていた。

竹内式部が捕縛され江戸へと送られたのは、もう半年も前のことで、おそらくすでに八丈島への船は出てしまっているだろうというのである。

島流しになる前に江戸へ美以を連れていって、一目でも父娘の対面をさせたいと思った若冲のもくろみははずれ、美以の淡い期待は打ち砕かれた。

やはり粟田口《あわたぐち》で見送った父の背中が今生《こんじょう》の別れであったのだ……。

美以は、もう一度父に会えるという喜びよりも、二度と会えないという悲しみをふたたび味わうことがなくてすんだ、ということにホッとしているような気もした。

「気晴らしに蒹葭堂《けんかどう》はんのところにでも行ってきたらどうや」

と、五運がしきりに勧めるので、美以は若冲に連れられて木村蒹葭堂の屋敷を訪れた。

蒹葭堂の家業は坪井屋《つぼいや》という酒造家で、酒造りの免許の貸付けが本業というが、大金持ちの五運でさえ驚くほどの桁外《けたはず》れの物持ちであるらしかった。

「若冲はん、ようおこしやした」

若冲を迎えた主《あるじ》の蒹葭堂は、うれしくてたまらない様子で、家に上がった若冲の周囲を蝶《ちょう》のようにまとわりつきながら、浪華訛《なま》り丸出しであれこれしゃべりまくっている。

容貌魁偉《ようぼうかいい》な男であった。

大きな垂れ下がった目に、いつもしゃべっているか笑っているかしている唇は、ぼってりと分厚い。大きな頭に細い丁髷《ちょんまげ》がのっているのだが、不思議なことに元結《もっとい》のところに松葉の簪《かんざし》を挿《さ》している。しばらくしてから、それが禿《は》げ頭にのせた付け髷《まげ》と気付き、美以は笑ってしまいそうになって、なるべく蒹葭堂の方を見ないように気をつけた。襟足に残っているわずかな髪を束ねたところに、簪で付け髷を留めつけていたのである。

「若冲はん、こんなんが手に入りましたんや」

と、次々と摩訶不思議《まかふしぎ》なものを取り出しては、若冲に見せびらかしている。それでいて嫌みな感じがしないのは、この男が稚気《ちき》に溢《あふ》れているからだろう。

「お父はん、ええ加減にしいや。お茶も出さんと」

前挿しの簪をびらびら揺らした娘が、ずけずけ言いながら、茶菓を持ってきた女中たちを指図している。蒹葭堂の娘で、美以と同い年だという。座敷に侍《はべ》っている若い女たちは、蒹葭堂の妾《めかけ》だと、あっけらかんと言うので、美以はどう答えていいものやら口ごもった。

この家では、どうやら妻と妾が一緒に暮らしていて、仲はすこぶるいいらしい。本妻と娘は妾たちをいたわり、妾たちは本妻を立てて何ごとも指示の通りに動いている。

堅気《かたぎ》であるはずの妻や娘が、まるで芸者のように座敷で来客に食事を取り分け客をもてなす風景は、異様であるのに妙に明るく温かな雰囲気に包まれていた。それは異国の風に習ってのことという。それにしても、蒹葭堂の娘が、若冲や五運に対してはきはきと対等にものを言う姿には、美以は驚くばかりであった。

美しい女たちに囲まれて、珍しい貝の標本や、輝くような金唐革《きんからかわ》の煙草入《たばこい》れを見せられているうちに、美以は、なんだか竜宮に迷い込んだ浦島太郎になったような気持ちになった。

「美以さん、ええもん見したげるわぁ」

酒屋なのに一滴も酒が飲めないという蒹葭堂は、若冲とお茶で何時間も話し込んでいるので、蒹葭堂の娘は美以を女たちのいる部屋へと誘った。

「この頃、江戸では、こんな絵ぇが流行ってるんやて」

娘が畳《たとう》を広げて出して見せたのは、奥村政信《おくむらまさのぶ》の石摺絵《いしずりえ》であった。

「なんや拓本みたいどすなぁ」

拓本が黒地に白く抜けた文字であるならば、石摺絵は、黒地に白く絵が抜けたものである。

美以はそう言いながらも、絵の背景の墨の黒さに心惹《ひ》かれた。

「こんなんもあるねんて」

鈴木春信《すずきはるのぶ》の絵暦だろう、光の加減で、空摺《からずり》になった文字や模様が見える。

「でこぼこしたところが、おもしろおすなぁ」

「おもしろいやろ？　こっちは、ほんまもんみたいやで」

「まぁ」

貝の図譜だろうか、彩色《さいしき》と紙に圧をかけることによってできる立体感によって、まるで本物のように見えた。

「おもしろいことを考えるお人がいはるもんどすなぁ」

「……これ作ったんは、風来山人《ふうらいさんじん》ゆうてけったいなお人でな、金唐革でも焼き物でも、西洋画でも……異国にしかないものを、なんでも手身近なもので〈もどき〉を作ってしまう名人や。今、江戸に行ってはるけど、若冲のおじさんとは昔からの仲良しでなぁ、この絵暦の絵を描いた春信いう絵師と、江戸の同じ長屋に住んでて、この貝の図譜みたいに空摺の技法を教えてあげてでけたんが、この絵暦なんやて。法螺話《ほらばなし》かもしれへんけど、こないだ来たとき、えらい自慢してはったで」

美以は、石摺絵や春信の浮世絵を飽きることなく眺めている。

あても、こんなんを作ってみたい……。

一瞬、現実を忘れている。そのことが、たしかに美以の心を少し慰めていた。絵には……あるいは美しいものには、そうした不思議な力があるのかもしれない。

それにしても、錦の店にいるときはさして気にもかけなかった〈旦那はん〉が、ひとたび世間に出ると〈若冲〉という絵師として、どれほど世間から賞賛されているのか、美以は蒹葭堂の家でまざまざと感じていた。

……〈若冲〉の近くで生きている。

そのことが、美以には誇らしくて、ただそれだけでうれしくなるのだった。たとえ鳥の世話をしているだけの存在だとしても。

若冲と美以は、それから数日大坂に滞在すると、ふたたび京へと戻った。帰りは徒歩で山崎《やまざき》を越えてゆく。

「……残念やったな」

若沖は言葉少なだった。

美以は、黙って若沖の後ろをついて歩いている。若沖は、絵ばかりを描いている蒲柳《ほりゅう》の質《しつ》のように見えて、意外と体は頑強で足が速かった。

父親と別れて何年になるのだろう。六年だろうか。もはや父とは、この世で会うことはないだろう。いや、たとえこの同じ京にいても、もはや他家に嫁いだ母や、ついていった妹弟たちとも会うことはないのだ。

すべてがぼんやりとかすんでいた。

はっきり見えるのは、今、前をゆく若沖の背中だけである。

「旦那はん……」

美以は、小声で呟いた。

「……ん？」

若沖が振り返る。

その眼差《まなざ》しにホッとした。

これからは、この人を父と思い枡屋《ますや》に仕《つか》えていこう、美以はそう思って、ちょっと頭を下げるとまた歩きはじめた。

十四　蓮花

「美以、蓮《はす》の花の音、聞きに行こか？」

「花の音？」

京に戻ってからしばらくした夏の朝、美以は若冲に誘われて宇治《うじ》に連れていかれた。

夏の朝は早い。

暗いうちに錦の家を出て、宇治の萬福寺《まんぷくじ》前の池に到着する頃には、じわじわと暑さが厳しくなってきた。

「……あ」

池の一面を覆うように密生している蓮の葉の間から、すっくと立ち上がった優美な蓮の蕾《つぼみ》は開く瞬間、ポンッと儚《はかな》い音を立てる。

静寂に包まれた蓮池のあちこちでポンッポンッとかすかな音が響いてきた。

「あっ、聞こえた！」

美以は思わず子供のようにはしゃいだ。

若冲はしんと目をつぶって耳を澄ましている。美以も並んで目をつぶって静寂の中、耳をそばだてた。

ふっと、目を開けると……若冲が美以のことを凝視《ぎょうし》していた。

いきなり美以が目を開いたのに驚いたように目をそらしている。その恥じらうような仕草が、どこか少年のようにぎこちなかった。

美以は、なんとなく顔を赤らめて俯《うつむ》いた。

「美以や……ええもん見せてやろう……」

若冲は、照れたようにずんずんと先に立って歩きはじめる。

美以は、ちょっとはぐらかされたような気持ちになりながらついていく。

寺の一室に通され、目の前に広げられた『乗興舟《じょうきょうしゅう》』と題簽《だいせん》のある巻物は、以前の淀川下りのときに描かれた若冲の絵であった。

だが、よく見るとそれは水墨画ではない。

「碑版《ひはん》の法帖《ほうじょう》のような……」

この頃、版画という版に紙をあてて写し取ったものといえば、版本の他には書蹟《しょせき》の〈法帖〉であるとか、経典の類いしかなかった。

絵を凹版に写し取り、上に水を含ませた紙をのせ、へこんだ部分に紙を押し込むようにして、上から墨をのせてゆくと、へこんだ部分だけが白く残る。拓本と同じようなものである。こうして作られた絵を人々は、〈石摺〉と呼んだ。

だが、今、美以の目の前に広がっているのは、今まで目にしたことのある、いわゆる〈石摺絵〉とは一線を画した……異国風の、瀟洒《しょうしゃ》な、それでいて静寂に包まれた世界が、長い巻物の、どこまでもどこまでも、続いているのである。

それは、墨の匂いが立ち上ってくるような美しい闇の世界であった。

淀川から見た川岸の風景は美しい白と黒……明と暗にわかれ、その対照が鮮やかに浮かび上がる。

しかも、黒の部分は漆黒の闇のような艶のない黒で、白の部分は淡い薄墨から濃い墨まで美しい暈《ぼか》しになっていた。烏《からす》の濡れ羽色のような黒色と、淡い蟬《せみ》の羽のような薄墨色を巧みに分けて摺られているのである。

拓版なのだから、白と黒が反転するのは当然のことであるのに、この巻物になった淀川の風景は、その白黒反転の効果で、まるで別の……異次元の世界のように見えた。

どうすれば、このようなことを考えつくのだろう。

「あんたが友禅みたいな言うたのを思い出して、こんな工夫してみたんや」

たしかに、手描き友禅で糊置《のりお》きした吹き染《ふぞ》めのようでもあった。

美以は、言葉もなくその淀川の闇の風景を見つめた。

「この絵は……なんや経典のようどすなぁ」

この石摺はこの萬福寺でいつも経典を摺っている男に摺らせたのだという。

「そやから経典の匂いがするのかもしれへんな」

若冲は飄々《ひょうひょう》と答えているが、美以は、そうではなくて……若冲の絵そのものに、そうした匂いがあるような気がするのだった。でも、本人は気付いていないらしい。

萬福寺は、隠元《いんげん》によって開基された寺であるが、もともと唐様式の寺で、現在の住持も清《しん》国から渡来した人物であった。もちろん、寺の建物から仏像にいたるまで、すべて本国から運んだものである。

「黄檗の寺の摺師……」

美以は、ふっとおびえたようにあたりを見回した。唐人の摺師がどこかで見ているような気がしてこわくなった。

美以は、ときどき、何かに追われているような気がするときがある。

それは、忘れてしまいたい過去であるのかもしれなかった。

「この寺にいる者《もん》は、みんな清国から長崎に渡来した異国の人たちや。この摺師の男は、かの国でえろう腕のええ摺師やったそうや」

「なぜ、そのようなお人が」

「今の皇帝の逆鱗《げきりん》に触れて追放されたんやろ」

どこまで本当かわからないが、と若冲は付け加えた。

ここでは、日常語は本国の言葉であるという。

そして、若冲も当然のように寺の者と唐の言葉を交わしているのだった。

「ここは、まるで唐の国のようどす……」

帰りにふたたび蓮池の前を通ると、すでにたくさんの桃色の大輪の花が咲き乱れていた。

「……あ」

風が池を渡ってきたとき、えもいわれぬ甘い匂いに包まれた。

「蓮の花の……」

風に乗って、蓮の花の匂いが届いたのだろう。

立ち止まった美以の隣で、若冲も大きく息を吸った。

「蓮は、泥の中に育って、やがて池の水面《みなも》から顔を出し……こうして風に触れて花を咲かせ匂うとるんやな」

たしかに芳香《ほうこう》を放つ美しい蓮の花の足下は……泥沼だ。

同じ香りに包まれている……そんなささやかなことを無邪気にうれしがっている。

美以は幸せだった。

京の町を一歩出ると、すぐ近くの宇治川沿いに、このような異国がある。極楽などというものも、意外に近い場所にありそうな気が、美以はしてくるのだった。

十五　踵の紅

それからしばらく経《た》ったある日、突然、若冲が改名すると言い出し、周囲を驚かせた。

「明日から、茂右衛門《もえもん》と名を改める」

と言う。

「そんな、兄さんは、枡源の枡屋源左衛門《ますやげんざえもん》やろ？」

白歳《はくさい》は呆《あき》れたように兄を諭《さと》した。

当主は代々源左衛門を名乗っているので、今さら茂右衛門などと言われても、店の者は困ってしまう。

「源左衛門は、あんたに譲る」

「えっ、兄さん、そんな……家督を譲って隠居しはるんかいな？」

「そうや。今日からあんたが五代目枡屋源左衛門やで」

「そんな……宗ぼんはどうしますのや」

「あれがもう少ししっかりしてきたら、六代目にしてやったらええやろ」

もともと末弟の宗右衛門《そうえもん》は若冲の養子となってこの枡屋を継ぐことになっていたから、白歳は、そのつなぎということらしかったが、いきなり当主になれと言われても戸惑うばかりであった。

「そいでな、宗右衛門に美以を妻合《めあ》わせよう思うんや」

「……え？」

若冲の言葉に、さすがに白歳は聞き返した。

「なんやて？　兄さん、どういうことですねん？」

「いやどうもこうもあらへん。宗ぼんと美以やったら対禄《つろく》するやろし」

若冲は淡々と答えている。まさか奉公人を嫁に直すわけにもいかないだろうから、吉野五運《ごうん》に仮親になってもらい、五運の養女として迎えればいいと、すでに五運にも話をつけてきたという。

薄らぼんやりしているようでいて、若冲は決断の早い男であった。

白歳はほとほと頭を抱えてしまった。

美以がこの話を聞いたのは、白歳からである。

「……あてが？　こぼんさんと？」

美以は他人事のように聞き返した。

「ほんまに兄さんは、なに考えてはるのやら……」

白歳は思わずため息をついている。

「……こぼんさんは？」

美以は、宗右衛門の意思を確かめたかった。

「あのな、この家では、兄さんの言うことはぜったいなんや」

いつも店を顧《かえり》みず、絵に熱中してばかりいるように見えて、若沖はなぜか弟たちを威圧する存在であるらしい。影が薄いようでいて、どこかでちゃんとこの枡屋に君臨している。

「あの……」

美以は、控えめに白歳に尋ねた。

「若旦那さんは……ええのどすか？」

「あのなぁ」

白歳は、「もうあんたはうちの人なんやし」と思いもかけぬことを話しはじめた。

「わては外の子でな」

白歳は、先代が囲っていた妾《めかけ》の子であった。

物心ついてから枡屋に引き取られた。七つのときだったという。三つ違いの兄の若沖が十歳。あまりにぼんやりしているので、店の跡継ぎにするのは心許《こころもと》ないと、白歳が引き取られることになったのだった。

もちろん本妻のツルは、この〈妾の子〉につらく当たった。自分の子供に跡を継がせたいと思うのは当然である。凄惨《せいさん》な継子《ままこ》いじめをした。

ところがそのような中で、当人の若沖だけがただ一人、ひたすら白歳をかばってくれたのだという。

「わしは生まれつき鈍《どん》やから……店のことはようでけへん。あんただけが頼りや」

口先だけでなく、心底そう思っていることが次第にわかってきて、白歳はこの兄の態度に心打たれた。結局、先代の妻である若沖の実母が亡くなるまで、若沖は陰《かげ》に日向《ひなた》にこの三つ下の弟を守り通した。

「わてが今日《こんにち》あるんは、兄さんのおかげや。せやさかい、わては一生兄さんの言うことを聞いてついてゆくと決めとんのや」

その方が、あれこれ考えるより楽やさかい、と白歳は照れたように笑った。

それにしても、と美以はため息をついた。

当人の宗右衛門の気持ちはどうなのだろう。

「あれも、兄さんの決めたことやったら言う通りにするやろ」

兄は……と、白蔵は続けた。

「あんたのことが気に入ったんやろ。兄さんは、おかしなところがあってな、気に入ったもんは自分のものにせえへんのや。周囲を見回して一番似合いやと思う人にやってしまう。昔からそうやった」

そして、若冲はいつも自らは何も持たない。

何にも執着しようとしない。

まるで修行僧のように頑《かたく》なにそのことを自分に課している。

なぜなのか、誰にもわからなかった。


「旦那はん……」

美以は、いつものように仕事を終えた若冲の傍《かたわ》らで、反故《ほご》紙などの始末をしながらふと手を止め尋ねた。

「このまま、ねきにいて鳥さんの世話しているだけではあきまへんのやろか」

「……どうしたんや、いきなり」

顔を上げた若冲は意外そうな顔をした。

「このままずっと……」

「そういうわけにはいかへんやろ」

その口ぶりは、とりつくしまもないほど、どこか冷淡にも聞こえた。

「こぼんさんは、あてのこと……好きやないのと違いますやろか」

「え？」

意外そうな表情で美以を見つめた若冲は、ふっと笑った。

「宗右衛門がなんぞいけずでもしたんか」

「いいえ、そうやないんどすけど……なんや、あて……こわいんどす」

宗右衛門は、たしかに美以に対してずけずけとものを言う。それは、美以に対してだけではなく、誰に対しても、宗右衛門はそうした口のきき方をするようであった。

「……あれは、あまのじゃくなんや。思うてることと逆《さか》さまのことばかりすんねん」

若冲がそう言うのを聞きながら、美以は小さくため息をついた。

奉公人の身の上で、これ以上のことは望むべくもなかった。

……あては、ここにいる珍しい鳥と同じじゃ。

美以は、そう自分に言い聞かせている。

「あれはなぁ……宗右衛門は、わしの子や」

「……え」

美以は息が止まりそうになった。

「わしが長崎に行ったとき……昔、若いとき、家業を放り出して二年ほど長崎に行っていたことがあるんや。世間には、世を捨て丹波《たんば》の山奥に隠《こも》っていたことになっとるんやけどな……」

若冲は、明清《みんしん》の絵画にあこがれるあまり、おびただしい数の古画を模写した。それだけではあきたらず、沈南蘋《しんなんぴん》という中国の絵師が長崎に渡来したという話を聞き及んで、矢《や》も楯《たて》もたまらず出かけていったのである。

長崎に若冲が到着したとき、すでに沈南蘋は帰国していたが、教えを受けた弟子の神代熊斐《くましろゆうひ》という絵師が長崎にはいたのでその教えを乞うた。

そのとき長崎で親しんだ女に子供ができていたらしい。若冲は何も知らずに京に戻り、その数年後、長崎で親しくしていた友が、五歳になる男の子を連れてきた。それが宗右衛門だった。

「宗右衛門を一目見たときに、すぐにわかった」

母親である女は、行方知《ゆくえし》れずになったままということだった。

若冲は宗右衛門を実子として育てるつもりであったが、老父母が許さず、特に母親の嘆きは一様《いちよう》ではなく、しかたなしに弟ということにして、どうにか納めたのである。宗右衛門が来て、数ヶ月後に若沖の父は逝去した。

「こぼんさんは、そのことを……」

若沖の口からは、まだはっきりとは言っていないらしい。

だが、おそらく気付いているのだろう、と若沖は静かに語るのだった。

「こぼんさんのお母はんいうお方は……どないなお人やったんどす？」

美以は、そんな遠回しの言い方をした。本当は、この人はどんな女の人と親しんだのだろう……という素朴な好奇心がある。

……あるいは、あの女では。

美以の心の中で、砂糖鳥の絵が、どこかで引っかかっていた。

「さて、そうやな」

若沖は、真面目に考えているようだった。しばらく息苦しいような沈黙が続いた。

どうでもいいようなことに一途《いちず》になるところが、この男にはある。

「……足の大きな女やったなぁ」

「まぁ……」

美以は、横座りして、にゅっと尻の脇から出ていた足の先をあわてて尻の下に隠した。

「あんたの足は小さいな」

そうだ、と若冲は思いついて、赤い顔料を薄く水で溶きだした。

どうするのだろうと、美以が見つめていると、いきなり、

「美以、お足出《みや》してみい」

と言い出した。

「えっ？」

「はよ、はよし」

若冲は、手を伸ばし、美以の足をつかむと美以を横倒しにして足を抱えるように膝の上に抱いた。

「あっ……」

美以は抵抗のしようもなかった。というより、若冲の動作が、野うさぎでも捕まえるような様子だったので、美以も不思議にされるがままになっている。

若冲は、赤い顔料をほんの少量手に取ると、ぷっぷっと唾で溶いて、美以の踵《かかと》の部分にすりこんだ。

美以の小さな足の踵は、若冲の手の中で薄桃色に色づいてゆく。

「……女はな、ここをきれいに美しくしとくとええのや」

「踵を？　なんでどすか？」

「さて。漢方では、ここは子宮《こつぼ》と通じているとかいうさかいな」

……だんさんは、こういうことしはるお方やったとは。

美以の中には鮮やかな驚きがあった。だが同時に、若冲はそれだけなのである。

そのこと以上の感情を美以に持つということはどうやらないようであった。

「旦那はんは、むかし馴染《なじ》んだお方にも、こんなことしはったんどすか？」

「……え？」

顔を上げた若冲に、美以はまっすぐすぎるほどの視線を投げかけていた。

仮親となった五運の元に数日、形ばかりの逗留《とうりゅう》をした際、美以は五運の口からおぼろげながら、この奇妙な縁組についての経緯《いきさつ》を知ることができたのであった。若冲が、美以の身の上を聞いて、いたく同情したのがそもそもの発端らしい。

「どなたはんに、あてのことを……」

美以は、五運を見つめた。

「いや、わてやないで。相国寺《しょうこくじ》の偉い坊さんや、ほれ、大典《だいてん》とかいわはるお方がおるやろ。あの坊さんが、なんやあんたのお父はんのことよう知ったはったそうや」

美以は、沈黙した。どういうつながりがあるのか、思いが及ばなかった。

「それがな、わても若冲はんに聞いてびっくりしたんやけどな」

大典禅師は、近江国神崎郡伊庭郷《おうみのくにかんざきぐんいば》の儒医今堀東庵《いまぼりとうあん》の子といわれているが、実は本当の父親は権大納言《ごんだいなごん》園基勝《そのもとかつ》であるという。

「えっ……園基勝？　もしかして、園基衡《もとひら》さまのおじいさんどすか」

美以の中で、もつれていた糸が、はらりと解《ほど》けたような気がした。同時になにかいやな気分も湧き上がってくる。

大典の母の名は知れぬという。外の女との間にできた子であったのだろう。生まれるとすぐに近江の今堀家に里子に出された。そして、大典が太一郎《たいちろう》と名乗っていた八歳のとき、養父ともども上京し、実父園基勝の計らいで相国寺の修行僧となった。

「まさか大典さまが、園基衡さまの叔父《おじ》さまとは……」

「あんた、知ったはる人かいな」

もちろん美以は知っている。知りすぎるほど……公家たちの陰湿な行状《ぎょうじょう》は身にしみて知り抜いていた。

美以の父の事件……竹内式部の一件は、裏では公家同士の確執が原因ではなかったか、という噂は当時からあった。首謀者に祭り上げられた式部と、追随する若い公家たちが追放された一方で、この事件の直後、園基衡という公家が権大納言に返り咲いていたのである。

園基衡は事件の四年ほど前、親鸞《しんらん》聖人の五百回忌にからめて大師号宣下《せんげ》を朝廷に願い出たものの、東西両本願寺《ほんがんじ》から集めた献金を松下烏石《まつしたうせき》という男に着服され、以来蟄居《ちっきょ》を言い渡されていた。

竹内式部のこの不可思議な事件は、裏で己の復権を画策した園基衡によるものではないかというのが、当時のもっぱらの噂だったのである。その憂き目に遭った若公家の一人、高野隆古《たかのたかふる》などは、当時まだ二十歳にならぬ若者であったのに蟄居を言い渡され、かわりに家督は園基衡の三歳になる息子が養子となって継いでいる。

美以が、話の一部始終を聞いたのは、この隆古からである。まだ幼い少女だった美以に、最初に言い寄ってきた男も……この男であった。

「なんでも、あんたのお父はんは、園ちゅうお公家はんの恨《うら》みをこうてたそうやないか」

「え、お父はんが？　なんでどす？」

「園どのがな、『娘を妾に差し出せ』言うたのを、式部どのが断らはったんやそうや」

「……あてのことを」

「ええお父はんやなぁ」

「せやけど、それで……。あてのせいで」

父の追放後、母に憎まれた理由も、やっとわかったような気がした。

大典は、親しかった式部から相談されていたのに自分の甥《おい》の横暴を止めきれなかった。

年老いてからの子であった大典は、園家の当主基衡とは、叔父、甥の関係ではあるものの、実際には年齢は二つしか違わない。大典は、この少々軽率なところのある甥を快く思っていなかったが、また基衡にとっても、さして年の違わない叔父は煙《けむ》たい存在であったのだろう。

この頃から大典は、寺や公家たちとの付き合いにほとほと嫌気がさし、慈雲庵の住持を辞して隠居すると、園家との縁も切って、市井の人となったのだという。

大典は、その竹内式部の娘が若冲の家に雇い人となって暮らしていることに少なからず同情し、この不憫な娘に今後も目をかけてやってほしいと、若冲に語ったというのである。

若冲の素朴なところは、大典の話を聞いて、それならば年回りもいいし末弟の嫁に、と言い出したことであった。あるいは、大典の口から、公家の間で囁かれていた〈竹内式部の娘〉の評判を伝え聞いて、その気になったのかもしれない。

「あんた、昔は若公家たちにえろう言い寄られたそうやないか」

五運は目尻を下げて笑った。

美以は押し黙って聞いている。苦い思いで胸がつまりそうだった。

……どうすることもでけへんのや。

美以は、いつもそう思って流されている。そして、自分は身に過ぎた果報者なのだ、と自身に言い聞かせるたびに、なぜか悲しみと、かすかな怒りがこみ上げてくるのだった。

十六　群燕

婚礼の準備は、本人たちの知らぬところで、どんどん進んでいった。美以は、大坂の薬種問屋吉野五運の養女となり、家督を継いだ五代目枡屋源左衛門である次兄夫妻の媒酌《ばいしゃく》によって祝言《しゅうげん》を挙げた。

婚礼の夜。

美以は寝所でぽつねんと待っていた。

やっと戻ってきた宗右衛門は、まだ婚礼のときのままの姿であった。参列した男たちが……多くの婚礼の場でのしきたり通り、なかなか初夜の場に行かせまいと酒を飲ませ騒いでいたのだろう。

宗右衛門が着物を脱ごうとするのを、美以が立ち上がって手伝おうとすると、

「いや、かまへん」と遮《さえぎ》って……なぜか、寝間着ではなく、普段着の着物に着替えはじめた。

美以は、着替えの寝間着を手にしたまま、呆然《ぼうぜん》としている。

「あの、こない遅うに、どこ行かはりますのや」

「……美以」

宗右衛門は、布団の上にどっかりとあぐらをかいた。美以にも座れと手で示している。

「わしは、前から妻となる女《おなご》は、兄さんらが勧める女でええ思うてたんや。せやからあんたを迎えた。要するに、誰でもよかったんや」

美以は、うなだれて聞いている。

「兄さんはえらいお人や。わしらは言いなりや。小兄《ちいさ》さんは、店を守るのがお役で、わしのお役は、さしずめ子孫繁栄、店の跡取りを作ることやろ。それで大兄《おっき》さんは安泰や。存分に絵が描ける。せやけど、こればっかりは好みがあるさけ……」

美以とは形ばかりの夫婦を押し通すつもりであるらしい。

「これからは、あんたはこの店の女主《おんなあるじ》や。あんじょう頼みます。せやけどな、女のことだけは別のとこで楽しませてもらいまっせ。兄さんにもそのことは伝えてある

のや。それだけは承知しておいておくれやっしゃ。ええな」

一方的にまくしたてると、宗右衛門は立ち上がった。

「あの……」

美以は、目で追いながら、「どなたか決まった方がいてはりますのんか」と尋ねた。そう口にしながら、自分でも陳腐《ちんぷ》なことを聞いている、と思っている。

「決まった女などいいひん。ああいうとこの夜の匂いが好きなんや」

遊所に身を沈めていると落ち着くんや、たったそれだけのことや、と宗右衛門は呟《つぶや》いた。

女に入れ込むとか、女を囲うということではないらしい。

「わしは、生まれ育ったのがそういう場所やったさかい」

そういう場所、とはどういうところなのだろう、と美以は思いながら聞いている。

若冲が馴染《なじ》んだ女は、そういう場所の女だったのだろうか。

「大兄さんから、聞いたんか」

「え？」

「わしが、ほんまは伊藤若冲の子やいうことを」

「ああ……」

美以は、口の中で答えた。やはり本人も知っていたのだ。

「旦那はん」

美以は、今までと呼び名を改めて宗右衛門を見つめた。

「あては奉公人やった者どすさかい、旦那はんやご隠居さんの言う通りにしかできしまへん。そやけど、もしできたら教えておくれやす。だんさんのお母はんいうお人は、どこのどのようなお方どしたんか」

宗右衛門は、部屋を出ていこうとして振り返った。

「母か。母は、あのなぁ……唐《から》の国の姫さんやったそうや。唐のもっともっと奥の方にある砂漠の国の」

そう言って、宗右衛門は笑った。

「法螺話《ほらばなし》やとみんなに笑われるけど、わしはそう思うことにしてんのや。橋のたもとの捨て子が、大名のご落胤《らくいん》と言い張るのと同じや」

快活に言い捨てると、宗右衛門は出ていった。

美以は、その晩まんじりともせずに一夜を明かした。

翌日、何ごともなかったように〈枡源〉は活気のある朝を迎えていた。

美以は、義姉のフジの元で店の奥のことを少しずつ教えられながら毎日を過ごした。

一方、若冲は、金刀比羅宮《ことひらぐう》の障壁画を描くために、単身、讃岐《さぬき》の国に向かってい
た。
金刀比羅宮と若冲とのつながりは、院主の息子が京に来ていたとき、若冲の元へ
絵の手ほどきを受けに来ていたのがそもそものきっかけだという。
京には、さまざまな名だたる画家がいるのに、なぜ若冲の元にやってきたのか
……もともと若冲が長崎に遊学していたとき親しくしていた男が讃岐の出で、高松
に戻ったあと、藩主に重用されていたことから、この金刀比羅宮の院主とも親しか
ったため、強く若冲を推したからだともいわれている。
この宮司が寺を継ぐことになったのをきっかけに、金刀比羅宮の表書院と奥書院
の障壁画を新たにすることが決まり、公の場である表書院は、円山応挙《まるやまおうきょ》などが弟子
らとともにすでに完成させていた。
若冲の方への注文は、院主の私的な場所である奥書院の障壁画であった。
当初、〈動植綵絵《どうしょくさいえ》〉の製作途中であったことから、京の画室で筆を執り、完成し
たものを金刀比羅宮に送る予定であったが、なぜか若冲は急に讃岐に行くと言い出
して、ふらりと旅立ってしまったのである。途中の大坂で、松本奉時《まつもとほうじ》という男に声
をかけて助手として伴うという。奉時は、絵も描くが本業は腕のいい表具師《ひょうぐし》であっ
た。若冲に心酔しきっていることではつとに有名で、若冲の供と聞けば本業を放り

出してでもついていくことだろう。

一方で、宗右衛門は夜な夜な家をあけ出かけてゆく。

送り出しながら、どこかで美以はホッとしている自分に気付いている。

長い夜のすさびに、美以は自室に籠もって〈石摺《いしずり》〉を作りはじめた。

もともとは、宗右衛門と美以の祝言の配りものとして作られた石摺の画帖であった。それは、若冲がさまざまな花や蔬菜《そさい》を虫などとともに配置して描き、さらに大典禅師が賛《さん》をつけたものを〈石摺の名人〉と呼ばれる人の手によって見事な摺物に仕立てられた画帖で、「仙人が住む崑崙山《こんろんざん》の、玉のような美しい花」という意味……『玄圃瑶華《げんぽようか》』という題簽《だいせん》がついていた。

この版木が〈枡源〉に保管されていたので、美以はこの版木で〈石摺〉を試してみようと思ったのだ。

もともと父親の竹内式部は、能書家としても知られていたので、美以は拓本の作り方……〈石摺〉の基本は父から手ほどきを受けている。

だが、実際にやってみると、地の黒い部分がきれいな黒にならなかった。灰色のざらざらとした色しか出ない。

どうすれば、このような烏のような艶のある黒が出るのだろう。

美以は、ある日、思い切って本願寺を訪ねた。

実は、今回の『玄圃瑶華』を摺ったのは、前回の『乗興舟《じょうきょうしゅう》』のときのような黄《おう》檗《ばく》の僧ではなく、当代一の〈石摺の名人〉といわれた松下烏石《まつしたうせき》という男であった。

……松下烏石。

園基衡《もとひら》が両本願寺から集めた金を横領した男である。

もともと江戸で書家として、また石摺の名人として知られていたのが、その放蕩《ほうとう》無頼《ぶらい》な性格から、あちこちで事件を起こしてとうとう江戸にいられなくなり、京に上って本願寺の庇護《ひご》を受け、寺内に寓居《ぐうきょ》まで与えられていた。京でも、親鸞《しんらん》上人の大師号事件をはじめ、書肆《しょし》から借金しては踏み倒したり、やりたい放題やっているのだが、とにかく書は名人であるし、経典などを摺らせれば、やはり余人の追従を許さぬ出来のものを作るので、本願寺としても手放せぬ上に、なにかと問題を起こすたびに尻拭《しりぬぐ》いに奔走しているという。おそらく放蕩無頼とはいえ、どこか人間的に人を惹きつけるものを持った男であったのだろう。

美以にとって、本願寺の中に居しているというのは好都合だった。参拝と称して出かけていけばいい。

本願寺の門跡が若冲の絵を集めているというのも幸いであった。人付き合いのいい白歳に相談すると、人を通して寺と烏石本人に話を通してくれた。

『玄圃瑶華』の摺りについては、若冲から大典を通じて松下烏石の元に話がいったという。園基衡に迷惑をかけている烏石としては、その叔父である大典からの声掛かりとあれば、断ることもできなかったのだろう。

「おめえさんはサ、式部の娘だそうじゃねぇか……ええ？」

『玄圃瑶華』の版木を持って、烏石の寓居を訪ねると、戸口でいきなりぶっきらぼうな言葉を投げつけられて、美以は思わず立ち尽くした。

昼間から酒を飲んでいるらしく、部屋にはよどんだ空気が漂っている。

烏石は法帖《ほうじょう》を摺っているところだった。

「おれは教《おせ》えるなんて柄《がら》じゃねぇから、知りたきゃ勝手にそこで見てな」

烏石は白髪頭の七十近い老人で、鶴のような痩軀《そうく》であるのに、言葉ばかりは威勢《いせい》がいい。江戸の訛《なま》りは、何を言っても怒鳴っているように聞こえた。

「式部は学者になんかならねぇで、公家相手に書家とか絵描きに徹してりゃ、つまんねぇ死に方しなくてもすんだのに。馬鹿な奴《やつ》だよ」

「え……」

烏石の突然の言葉に、美以は血の気が引いた。

「あの、あてのお父はん……死なはったんどすか」

「なんだ、知らねぇのか。八丈に島流しになる途中、三宅島《みやけじま》で病に倒れて死んだぞうだぜ。まぁ、絶海の孤島で死んだ、っていう点では、八丈島でも三宅島でも同じようなもんだろうけどサ」

　美以は、ぼんやりして涙も出なかった。もしかしたら、家の者たちはすでに知っていて、美以にだけ黙っていたのかもしれない。島流しになったという時点で、もはや死んだも同然と覚悟は決めていたものの、やはり事実として知らされると気持ちは沈んだ。

「この間の『玄圃瑶華』の石摺は、紙を工夫してみたのさ。日本の紙じゃ厚ぼったすぎる。あれを摺るなら、長崎から仕入れた唐様の紙で、それもごく薄い雁皮紙《がんぴし》のようなもんじゃゃねぇといけねぇよ」

「紙が……」

　美以は、鳥石が投げるように差し出した紙を手にとって、ぼんやりと見つめた。

　まだ、心の中は、父親の死の事実に動揺している。

「おまえの親父《おやじ》は、葡萄《ぶどう》の絵をよく描いたろう、葡萄もよかったが、鷹《たか》の絵にもいいのがあったねぇ」

　鳥石は、手をとめて思い出に浸っているのか嘆息《たんそく》した。

　たしかに、美以の父親は、葡萄の絵をよく描いていたものだ。

「こんなん、どないしたら手に入れることができますやろか」

　美以が、恐る恐る尋ねると、鳥石は豪快に笑った。

「欲しけりゃ、好きなだけ持っていきな。おれはまた坊主たちだまくらかして、いくらでも手に入れるさ」

根は親切な男であるらしい。以来、美以はときどきこの烏石の寓居を訪ねるようになった。

美以は、夜になると、ひとり夫の出かけたあとの寝所で、見よう見まねで石摺を試しては烏石の元に持っていって教えを乞うた。

黒地に白く抜ける若冲の絵は美しかった。集中していると、しんと心が静かになってゆくようだ。

若冲の描いたこの玉のような美しい世界があったからこそ、美以はどうにかこの現実に堪えて生きていられるような気がした。

若冲の不在中も、〈枡源〉の店は、当主となった白歳を中心に、宗右衛門と美以の若夫婦ともども力を合わせて活気に溢《あふ》れていた。

白歳夫婦が円満な人柄なこともあって、万事、宗右衛門夫婦を立て、そして宗右衛門も美以も、白歳夫婦を敬《うやま》って大事にしている様子は、いかにもなごやかに世間には映った。

実際、美以は、白歳夫婦はもとより、奉公人に対してもへりくだった態度で接し、身惜《みお》しみすることなく働くから、人々の受けはよかった。

「……おいえはんは、なよなよして見えるけど、あれでなかなか辛抱《しんぼう》ができてはる」

と、口さがない古株の奉公人までが美以には一目置くようになった。

夜も甲斐甲斐《かいがい》しく支度を調え、何も言わずに宗右衛門を夜の巷《ちまた》に送り出した。

美以は、店のことに専心している。

ただ、いつまでも眉も落とさずお歯黒《はぐろ》もつけなかった。宗右衛門にだけは、その理由がわかっている。

それは妻を抱こうとはせずに夜な夜な紅灯の巷に消えてゆく夫へのささやかな抵抗であったのか。

そして美以は、店の仕事の合間に独楽窠《どくがくか》を訪れ、鳥たちの世話をしているとき……主《あるじ》のいない楽園に、しばし立ち尽くすのだった。

男たちは、都合が悪くなるとするりと逃げてゆく。目をそらしたいものには向き合おうとはしないのだ。

若冲が金刀比羅宮奥書院の襖《ふすま》に描くのは、上段の間には花卉《かき》図、二の間には山水《さんすい》図、三の間には杜若《かきつばた》図、そして広間には垂柳に燕の図を描くという。美以は、残された若冲の描いた下図の断片をときどきそっと取り出しては眺めた。それは反故《ほご》紙として焚《た》きつけになるものを美以がこっそり取っておいたものだった。そこには、一本の柳の大木の周囲を舞い飛ぶ、百に近い数の燕たちのさまざまな姿態が描かれていた。

……燕のようになれたら。

自由に空を飛び回ることができたら、どんなにいいだろう。

この庭にいる鳥たちは、翼を持っているのに遠くに飛んでいくことはない。飛ぶことができても、長いこと囲われていると飛ぶことを忘れてしまうらしい。

美以も独楽窠にいる鳥たちとまったく同じだった。

そして。

表立っては、錦の〈枡源〉は平穏であった。

が、水面下では、少しずつ不穏な空気が流れはじめていた。

伊藤若冲『白象群獣図』　個人蔵

雪佳「若冲はんが『動植綵絵《どうしょくさいえ》』を納めはった相国寺《しょうこくじ》さんは、臨《りん》済宗《ざいしゅう》のお寺さんやけど……たしか若冲はん自身のご宗旨《しゅうし》は、黄檗宗《おうばくしゅう》どしたか」

極子「へぇ、〈枡源《ますげん》〉は若冲はんだけが宗旨替しはったけど、家の者は浄土宗《じょうどしゅう》やったんどす。あての伏見の実家はお東《ひがし》さんどしたさかい、門徒《もんと》もの知らずって、伊藤の家ではよう言われました。昔は『門徒もの知らず、法華骨《ほっけ》なし、禅宗《ぜんしゅう》銭なし、浄土《じょうど》情なし』なんて言うたもんどした」

明和五年（1768）　鴨川西岸　心遠館

十七　鬼鳥

事件は、ある日突然起こった。錦市場《にしきいちば》の町年寄たちに、東町奉行所《ひがしまちぶぎょうしょ》から出頭するようにとの差紙《さしがみ》が届いたのである。

奉行所から戻った町衆は、あわてて寄り合いを開いた。〈枡源《ますげん》〉の当主として出かけていった白歳《はくさい》は、夕刻になって真っ青になって戻ってきて、急いで宗右衛門《そうえもん》と古い番頭を呼んだ。

「錦市場を差し止めるちゅう通達が奉行所からあったそうや」

奉行所からは、頭ごなしに「そもそも錦市場は、いつ開市の出願をし免許を得たのか、その証拠となる下付された〈御書物〉を提出せねば、今後は市の差し止めを申し渡す」と通達されたという。

町年寄たちは色をなした。

「そないなやくたいなことあるかいな……わてら、現にここでもう百年以上も商いしてきたんやで」

「せやかて、『もしそれが事実ならば、開市の際に認可したという〈御書物〉が残っているはずやから、それを出せ』と、お奉行はんは言わはんのや」

「そないな昔のこと言われたかて……」

人々は、怒りを忘れて呆《あき》れ果てた。そんな古いものが、いったいどこに保管されているというのだろうか……。

「錦市場がはじまったときからあるんは、この〈枡源〉だけやと、町の衆は言わはるんやけどな……」

たしかに寛永《かんえい》年間に、枡屋《ますや》が京都所司代《きょうとしょしだい》へ出願したためこの錦の青物市は免許されたと白歳も聞いている。

白歳は、老番頭に「そんなもんが、うちの蔵にあるんやろか？」と尋《たず》ねた。

番頭は驚きのあまり声もない。

「旦那はん、無茶言わはったらあきまへんで。そんなんわてが生まれるより前の話でっさかい……」

「せやから、あんた、お父はんから何か聞いてへんか」

この老番頭は、親子二代でこの店に仕《つか》えていた。が、そのような話は、もちろん聞いたこともないという。というより、人々はここで市を開くのは、もはや息をするのと同じような当たり前のことと思って百年以上の月日を過ごしてきたのである。

「そ、そんなん、宝永《ほうえい》の大火で焼けたんと違いまっしゃろか？」

「宝永の大火って、いつのことや？」

「さて、わてが生まれる前の話だすさかい……」

すでに七十近い番頭も、思わず首をひねった。

「讃岐《さぬき》に行ってはる兄さんに帰ってきてもらわななららんやろか」

白歳は、すぐ人をやって讃岐の若冲《じゃくちゅう》の指示を仰ぐつもりのようであった。

だが宗右衛門は即座に反対した。

若冲は、今、金刀比羅宮《ことひらぐう》の障壁画という後世に残る仕事をしている。雑音で仕事を滞《とどこお》らせたくはなかった。

「そ、それもそうやな」

白歳ももちろんわかっている。

まずは明日、一家総出で蔵を開けて探してみようということになった。

翌日、町をあげての大騒ぎで〈枡源〉の三つの蔵を探したが、もちろん、そのような古い書状など出てくるはずもない。

「兄さん……」

宗右衛門は、冷ややかに様子を眺めている。

「はじめから奉行所は書状なんど、あてにしてへんのやないやろか」

「えっ？」

「……金やろ」

「あっ！」と白歳は飛びあがるようにして驚いた。

なぜ、そのことに気付かなかったかと……なまじっか、若冲の不在を突くように昔の話が出たので、〈御書物〉探しにばかり気を取られていたが……考えてみれば、そちらの方が道理にかなっているようであった。

「もしかしたら、五条《ごじょう》市場が後ろで糸を引いてるんと違うやろか……」

宗右衛門のひと言に、立ち会っていた町年寄たちは思わず顔を見合わせた。

貞享《じょうきょう》年間に始まったとされる京都五条の鴨川《かもがわ》にほど近い一帯に形成された〈五条市場〉は、錦市場と並ぶ京都を代表する市場に成長してきており、かねてから役所だけでなく、方々《ほうぼう》に賄賂《こすり》を繕い置いているという噂があった。

さっそく東町奉行所与力の家に、つてを頼って事情を聞いてみると、五条市場は、奉行所に冥加銀を年十五枚上納しているという。それではと、錦市場からは奉行所に冥加銀を年に十六枚上納すると申し出ると、呆気《あっけ》なく差し止めは解除になった。

田沼意次《たぬまおきつぐ》が老中になり、世の中は、賄賂のやりとりが蔓延していた。

「それにしても、なんで若冲はんが不在のときに……」

〈枡源〉の当主が、〈絵師の若冲〉であったことが、どれほど大きな存在であったかということに、人々はやっと気付きはじめていた。

ところが、それから半年後、ふたたび差し止めの通達が来たのである。

今回の奉行所からの通達は、前回より明確な……というより露骨な内容であった。

五条問屋町が冥加銀三十枚を上納する代わりに錦市場を差し止めてもらいたい、という請願を行ったことにより、再度開市を禁じるというのである。

京都の市場を独占したいと考えた五条市場は奉行所に働きかけて、錦市場を潰《つぶ》しにかかってきたのだ。

「また、こちらも上納金を増やそか」

という意見も出たが、これではどんどん増長して奉行所が潤うばかりで、双方共倒れにもなりかねない。

「いったいいつまで、こんなことが続くのやろう」

錦市場に野菜を運んでくる農家の人々も、口々に不安や不満を店の者にぶつけてくるのだった。

白歳は、その矢面に立って東奔西走していたが、そんな中でも、宗右衛門は夜な夜な出かけ、朝になると平然と戻ってくる。

だが、かつてはどんなときも朝早くにはきちんと帰ってきていたのに、五条との問題で錦市場が閉鎖されるようになると、昼近くまで家に戻らないことが多くなった。

美以《みい》は黙っているが、心の中ではやりきれない気持ちになっている。若旦那の行状は、店に怠惰な雰囲気をもたらしていた。

そんなある日、いつものように帰ってきた宗右衛門の脱いだ着物を畳みながら、美以はある匂いに気付いていた。

なぜ、今まで気付かなかったのだろう。

気をつけて着物の匂いを嗅《か》いでみると、毎日同じ匂いがする。

宗右衛門は、どうやら同じ女の元に通っているらしかった。

これは……。

かつての美以の匂いと同じだった。

「宗右衛門、今度の五条の明石屋《あかしや》の件、どないしたらええやろ」

白歳は、この数日、すっかりやつれ果てている。もはや万策《ばんさく》尽き果てて金比羅《こんぴら》の若冲に書状を送ろうとまで思い詰めていた。

実は、数日前、五条からの密かな使者が〈枡源〉を訪れていた。

「枡源はんは、錦で一番古《いっち》い店や。このまま干上がってしもうては惜しい。ついては……」

と、寝返って五条市場につけば、〈枡源〉だけは、蔬菜《そさい》問屋としての商売の継続を認める方向で話を進めよう……という提案であった。

五条の市場を取り仕切っているのは、明石屋という青物問屋で、当主の半次郎《はんじろう》は五十過ぎの切れ者と評判の男だ。すでに五条では、奉行所のすみずみまで賄賂をばらまいているという噂もあった。

「どないしたらええやろ?」

五条の明石屋からは、当家の茶室で一席設けたいと誘いが来ている。

「兄さん……兄さんが表に出て、万が一町内の人に知れたらえらいことになる。わてが代わりに行ってきまひょう」

「行ってくるいうても……あんたなぁ」

錦の人々を裏切って五条につくのか、と白歳は、震えるような声で宗右衛門に尋ねた。

「兄さん、わても五条の町衆のことはいろいろ調べてみた。要するに五条の町衆を束ねているのは、あの明石屋や。どんな様子なんか、じかに話だけでも聞いてこうと思いますのや」

宗右衛門は、落ち着いていた。何か考えのある様子であった。

「せやけど、なにも〈後《のち》の月〉の晩に呼ばんかてえぇのにな」

宗右衛門は、そんなことをぼやいている。花街の付き合いを気にしているのだろう。

「ああ、そうや、今宵は十三夜やなぁ」

白蔵も呑気《のんき》に答えて、部屋から出ていく宗右衛門を見送った。

何も聞かされてはいなかった美以は、その夜も、いつものように夫を送り出す支度をしていた。

「あんたな……なんとも思わへんのか」

下帯ひとつで美以に着替えを手伝わせていた宗右衛門が、ふと呟《つぶや》いた。

「……なんどす？」

美以は宗右衛門の背後に立って着物を着せかけようと少し伸びをしながら、ふと皮肉な言葉が口をついて出た。

「せや、今宵は十三夜どすな。紋日《もんび》どしたな」

「へぇ、なんでそんなこと知ってんのや」

そううそぶいて振り返った宗右衛門の横顔を見た瞬間、美以の心に思いがけない憎悪がこみ上げてきて、止められなくなっていた。

「後の月を見いひんとあかへんのどすやろ……ええ匂いのしはるお人と」

仲秋《ちゅうしゅう》の名月と呼ばれる九月の十五夜の約ひと月後の十三夜は〈後の月〉と呼ばれて、どちらかの月しか見ないことを〈片見月《かたみづき》〉と言って忌む風習があった。おそらく客を二度呼ぶために花街からはじまった習慣だろう。

「十五夜より、後の月の十三夜の方が空もさえざえして、月もきれいに見えますやろ」

美以は宗右衛門の背後に屈んで裾の部分を直した。

「匂いが……残ってるか」

「へぇ。旦那はん、気がつかへんどしたか」

宗右衛門は無自覚であったらしい。

「旦那はん……ひとつだけお尋ねしてもよろしおすか」

美以は、大きく息を吸ってから震えるような声で呟いた。誰かに止めてほしい、と自分の気持ちの昂《たか》ぶりが恐ろしくなったけど、もう止められなかった。

「そのお方は……島原《しまばら》の住吉楼《すみよしろう》の鬼鳥《きちょう》いわはる太夫《たゆう》さんどすやろ」

「……なんやて」

宗右衛門の美しい顔が、少しゆがんだ。図星であったらしい。

美以はその瞬間、なにかが崩れてゆくような……すべてを壊してしまいたいような衝動に駆られた。

「夜ごと鬼鳥の膝の上で、耳垢《みみあか》取《と》りでもしておもらいどしたか」

……あさましいことを。

美以は、低く呟いた。

「なんで、知っているんや。なんでや」

宗右衛門は、美以の胸ぐらをつかむように問い糾《ただ》した。

「鬼鳥太夫がなんでええ匂いがするか知っといやすか？……唐《から》の国から取り寄せた薬を飲むさかい、体から芳《かぐわ》しい香りがするんどす。丁子《ちょうじ》、藿香《かっこう》、零陵香《れいりょうこう》、青木香《しょうもっこう》、甘松香《かんしょうこう》……白芷《びゃくし》、当帰《とうき》、桂心《けいしん》、檳榔子《びんろうじ》、そして麝香《じゃこう》をほんの少し混ぜ合わして、よう砕いて粉末にしたもんに蜜を混ぜて丸薬《がんやく》にして……あてもよう飲まされたもんどした……」

宗右衛門は今さらながら……、美以の匂いと女の匂いが同じであったことに気付いたらしい。

「なんで、そんなことを……」

「なんにも知らはらへんのどすか。鬼鳥太夫のこと」

「知らん」

「知らずに情を交わしていはると」

「交わしてはおらん」

「へぇ、そうどすか……」

思わず美以は高笑いをしてしまった。

「何もせんと、胡弓《こきゅう》を奏でるの聴いて、膝枕で耳垢取りしてもらわはるだけや言わはりますのんか……あほらし！」

次の瞬間、美以は、宗右衛門に激しく打たれ、床に叩《たた》きつけられた。

「……おまえに何がわかるんや」

「わからしまへん。せやけど……太夫のことはよう知ってます。あの女のところに、あては売られたんやさかい」

「……なんやて」

美以は、頰を赤く腫《は》らしたままうなだれている。

父、竹内式部《たけうちしきぶ》が幕吏《ばくり》に捕まり都を追放されたあと、美以だけは友禅の染屋を営む母方の祖父母の元に身を寄せていたが、その祖父母が宝暦《ほうれき》十年の流行病《はやりやまい》に相次いで亡くなり、直後に……式部の弟子であった公家高野隆古《たかのたかふる》から、「越後《えちご》の式部先生を訪ねるから、一緒に行こう」と誘われ美以は家を出たのであった。そして、気付くと島原の遊廓に売られていたのである。

美以が島原の住吉楼で最初に見た廓《くるわ》の女……鬼鳥太夫の着ていた打掛《うちか》けを見たとき、思わず駆け寄ってその着物の裾に飛びついていた。

「これ……あてが下絵を描いた鳥や！」

見上げると、白い顔に憂《うれ》いを含んだ大きな瞳の鬼鳥が見下ろしていた。

六枚の花鳥の図を着物の打掛けに……と注文が来たとき、この黒地に浮かび上がる花鳥の着物を羽織るのは、どこのお嬢さんやろ、と美以は思ったものだった。

それが、こんな白粉《おしろい》を首まで塗りたくった女の着物になっていたとは……。

思わず、涙がこぼれた。

「なぜ、泣く……」

鬼鳥の声は、低かった。

「……懐かしかったんどす」

美以は、嘘《うそ》をついた。

鬼鳥はすべてお見通しという顔で、

「おまえもいつか鳥の打掛けくらい、いくらでもこさえてもろうたらええ」

と言い捨て、客の元へと去っていった。

おまえだって、いつかはあてのようになるんや、と鬼鳥は言いたかったのかもしれない。

どうした気まぐれか、その後、鬼鳥に望まれて美以は鬼鳥太夫の部屋につく引舟《ひきふね》女郎になった。

鬼鳥太夫がいくつなのか、誰も知らなかった。

鬼鳥という名は、〈唐土《とうど》の鳥〉に由来するといわれていた。正月七日の七草粥《ななくさがゆ》で七草を叩くときの唄……『七草なずな、唐土の鳥が日本の土地にわたらぬ先に』という〈唐土の鳥〉のことを〈鬼鳥〉という説がある。この鳥はまた疫病を指すともいう。

まるで唐の国から渡ってきたかのように、鬼鳥は胡弓の名人で、その哀切な細い弦の音を聴くために通い詰める客は引きも切らず、男たちは千金を惜しまなかった。しかも鬼鳥は、独特の体臭を持っていた。それが床につき昂ぶるにつれて匂いたつという噂は伝説のように廓では語り継がれていた。

言葉は少なく、誰とも馴染《なじ》まない。

それが、なぜか美以のことは気に入ったのだろう。鬼鳥は密かに自らが飲んでいる薬と同じ生薬《しょうやく》を美以にも飲ませた。

要するに……同じ匂いの女に仕立てられた美以は、鬼鳥の客が立て込んでいるときは代理を務めさせられたのである。

やがて美以も、口を吸われると、芳しい香気が漂う女になっていた。

ちょうど島原にやってきて、住吉楼に登楼していた五運《ごうん》に、生薬のからくりを話すと、面白がった五運は、美以を根引きにして大坂に連れていってくれたのだ。

「あんたのことをきっと気に入る人がいる」

と五運が言ったのが……若冲であった。五運にとって美以は珍しい尾長の鶏と同じような存在であったのだろう。

「ご隠居さんは、あての匂いをどう思っておいやしたんやろ」

美以は、宗右衛門の妻になってからは、若冲のことを〈ご隠居さん〉と呼んでいる。

「鬼鳥太夫の身の上、知らはらへんのどすか」

美以は、宗右衛門を見上げた。

宗右衛門は、蒼白《そうはく》になっている。

「……鬼鳥は、唐の国から逃げてきたんやと、あてには言うてはりました。ほんとの名は、異国の呼び名で……」

「……嘘や！」

宗右衛門は、さえぎるように美以の体を乱暴に揺さぶった。

「遊君《ゆうくん》に嘘はつきものやし。作り話かもしれへんけど……。異国の小さい国の姫さんやったあのお人は、時の帝《みかど》の寵愛《ちょうあい》を受けるのを拒んで、南へと逃げて……」

宇治《うじ》の萬福寺《まんぷくじ》もまた、こうした乾隆帝《けんりゅうてい》の王朝の支配から逃れてきた人々の寺であった。

こうした華僑の人々に助けられ、海を渡った姫君は、そこで裏切りに遭い、売られて、気付けばジャワに連れていかれ、さらにそこからオランダ船で長崎に連れてこられたというのである。

「なんで、その女が島原にいるんや？」

「……さぁ、本人しか知らへんことですやろ」

宗右衛門は黙りこくった。

「旦那はんのお母はんは、たしか唐のお姫様と言うておいやしたな」

「鬼鳥がそんな女やなんて、わしは聞いてへん。嘘をつくやない。あんたこそ、みだらな匂いを身につけよって……」

「もう、あては匂いまへん」

美以は、もうずっと薬を飲んでいなかった。最初の頃こそ、その匂いは体に残っていたが、今はすっかり抜けている。

挑発するように、美以は胸元をはだけて宗右衛門の鼻先に押し当てた。

「あてはもう匂わへんのどす。あの女とは違います」

「……おんなじや」

宗右衛門は、そのまま美以の着物を乱暴にたくし上げて抗《あらが》う美以の体をまさぐった。

「やっとわかった。兄さんがあんたを可愛がったんは、この匂いのせいやったんやな。せやからあんたは……」

「あて、そんなことしてしまへん」

「嘘つけ」

宗右衛門は、いきなり美以の頬を叩いた。

美以は、抗いながら驚いている。宗右衛門がわだかまっていたのは、そういうことだったのか……。

「……いやや」

美以の体の中に入ってきた宗右衛門のその指先がやけに冷たかった。冷たいだけに、より鮮明に指先の動きが美以の体に響いた。その冷たさがしばらくして感じられなくなると、美以はもう、あきらめたように抗わなかった。

男がすることは、みな同じだ。

式部の弟子と称する若い公家の男たちも。

美以を裏切って廓に売った高野隆古も。

島原で匂いにつられて群がる男たちも。

美以を苦界から引きずり出してくれた五運も。

……あの人だけが違っていた。

美以は抱かれながら、ふと若冲のことを思った。

宗右衛門は、怒りをぶつけるように、美以に体を入れ揺すって責め立てる。

「……あッ」

執拗に抱きしめられて、強く胸を嚙まれたその痛みに、すべて預けてしまっている体は激しく痙攣し思わず美以は声を上げていた。

「もうかんにんしとくれやす、もうかんにんして……」とうわごとのように叫びながら、ああまた昔と同じことをしている、いやや、いやや……と美以は自己嫌悪に泣けてきそうになる。いやなのに、そういう声が男の欲情をかきたてることもわかっていた。何を求めていて、何を否定したいのか、よくわからないまま、ただ激情に流されているうちに、突然、宗右衛門は呻《うめ》いて美以を突き放すように自分の体を引きはがし、荒い息のまま着物を着けて、何も言わずに部屋を出ていった。

なぜいつも同じなのだろう。

男は終わるとすぐに去っていってしまう。

美以は、いつも立ち上がれずにいる。

自分で大事なものを粉々にしてしまった……ということだけを、はっきりと自覚していた。

投げやりな、むなしい気持ちだけが残っていた。

十八　鳥兜

美以は、のろのろと起き上がり身繕《みづくろ》いをして髪を撫《な》で付け……それでもしばらくぼんやりしていた。

あれほどいやだと思ったことが終わってみれば、心の中に淡い期待が芽生えはじめていることに美以は動揺している。

何をするのも億劫《おっくう》になって、そのまま早々に床を延べて横になってしまった。体の奥がじんじんと痛むのが、いつの間にか心地よくなって深い眠りについていた。

夜半過ぎのことだろうか。

しんと寝静まった夜の帳《とばり》を破るように店の者の叫ぶ声が聞こえ、廊下を蹴立てて白歳が美以の寝所に飛び込んできた。

「美以！　えらいこっちゃ」

美以は、むっくりと起き上がった。白歳のあとを追うように、手燭を持ったフジが追いかけてきた。

「宗右衛門が、死んだ」

「ええっ！」

手燭に照らし出された白歳の顔は幽鬼のようであった。

宗右衛門が、五条の明石屋に赴《おもむ》いたのは、約束の時刻よりだいぶ遅れていたという。

明石屋では酒肴が出た。

しばらくして、突然、宗右衛門が嘔吐し……人々が驚いて医者を呼ぼうと騒いでいるうちに倒れたまま動かなくなったという。医者が到着したときは、すでにこと切れていた。

「いったいなんでこないなことに……」

明石屋でもまったく予期せぬことであった。宗右衛門の亡骸《なきがら》に付き従ってきた者に問い糾《ただ》しても要領の得ない返答しか戻ってこない。

「実は、うちらの主《あるじ》も寝付いてしまいまして……」

それだけ言うと、明石屋の手代はそそくさと帰っていった。

ぽつねんと宗右衛門の骸《むくろ》だけが放置されている。

店の者も、みなぼんやりと立ち尽くすばかりだった。

「美以……どないしたらええのや」

白歳は、美以にそう問いかけながらも、まだ信じられない様子で「宗ぼん、宗ぼん……あんた、どないしたんや」と宗右衛門の亡骸を揺すってみたりした。

「なんで……」

同じ言葉ばかりが口をついて出た。

つい、少し前まで……。

生々しく宗右衛門が美以を抱いたときの息づかいや体の熱さが甦《よみがえ》ってくる。

もしかして、だんさんは、死を予感して……。

美以は、そのことに気付いてハッとした。

「義兄《にい》さん……旦那はんは、殺されはったんとちゃいますやろか」

「ええっ！」

白歳は震えた。ことがそんな大事になっているとは、このときまで、この人の好《よ》い当主は考えてもみなかったのだろう。

「夜が明けたら、すぐ奉行所に訴え出なあかん。讃岐《さぬき》に人をやって、兄さんにも知らせんと」

と言う白歳を、美以は止めた。

「もうしばらくしたら、ご隠居さんも仕事を終えてお帰りになりますやろ。今、お知らせしたところで、旦那はんが生き返るわけでもなし……ご隠居さんには心を乱さんと、立派にお仕事を仕上げていただくことの方が大事やおへんやろか」

「そ、それもそうやな」

白蔵は、そう答えながらも、なんとなく割り切れないような顔になっていた。美以も気付いている。

……あては、なんでこんなに醒《さ》めてるのやろ。

いつも悲しみは突然やってくる。父の捕縛《ほばく》も、母に置き去りにされたことも、廓《くるわ》に売られていたことも、そして父の流刑《るけい》も……。

そんなとき、泣いたりわめいたりしても無駄だということが身にしみていた。泣いたところで、誰も助けてはくれないのだ。

「あの……」

宗右衛門の遺体の前でぼんやりしている白蔵と美以に、老番頭が戸惑いがちに声をかけた。

「こんなときに、なんどすけど……」

昨晩、宗右衛門は、出掛けに店から三十両ほどの金子《きんす》を持ち出していたという。

実は、三十両程度であれば、何も言わずに宗右衛門の求めに応じて店から金を出すように、と日頃から白歳は番頭に言い含めていた。遊興費がかかることを認めていたのである。実際、その程度の出費は〈枡源〉にとってどれほどのこともなかったし、宗右衛門は店の金を遊里にせっせと落としてはいたものの、度をわきまえている男であった。

であるから、それ自体はいぶかしく思うことでもない。

だが、明石屋から戻った宗右衛門の遺体からも、持ち物からも……どこからもその三十両は見つからなかった。

「いざとなったら、明石屋とは金で解決しよう思うたんやろか」

白歳と美以は、顔を見合わせた。

翌朝、町年寄の家々に連絡を取り、白歳が奉行所に出かけようと支度を調えているところに、逆に奉行所の役人が店に乗り込んできた。

明石屋より、昨晩〈枡源〉の宗右衛門が突然来訪し、しかたなく茶菓のもてなしをしている最中、いきなり明石屋の主の半次郎と宗右衛門が苦しみだし、宗右衛門を〈枡源〉に送り届けたものの、明石屋の半次郎も床に伏したままであるという。宗右衛門に毒を盛られたのではないかという訴えであった。

「ちょ、ちょっと待っておくれやす……」

白蔵は狼狽《ろうばい》した。話がまったく逆になっている。

昨晩のうちに明石屋は事後処理に奔走《ほんそう》したらしい。奉行所では明石屋の言い分を鵜呑《うの》みにしており、宗右衛門がすでに死亡していると伝えても、にわかには信じてもらえないという有様であった。

「……宗ぼんが、明石屋から戻ってきたときは、すでに死んでいたと言うてもなかなか信じてくれへんさかい往生《おうじょう》しましたで。ほんまになんでこないなことになってしもたんや」

奉行所に引き立てられた白蔵は、げっそりとやつれて戻ってくるなりそうこぼした。やっと宗右衛門の死が認められ、一応の嫌疑《けんぎ》は晴れて戻されたらしい。

しかし、戻った白蔵を迎えたのは、錦の町衆たちの冷ややかな態度であった。

「枡屋はん、あんたんとこだけ五条に寝返って、この錦市場を潰《つぶ》そうとしはったんやて？」

足元をすくわれるような展開に、白蔵は一言もなかった。

いつの間にか、「枡屋の宗右衛門が突然、夜遅くに明石屋を訪問し、五条市場と一緒になって錦市場の取りつぶしに協力するから、〈枡源〉だけは、今後も蔬菜《そさい》問屋を続けていけるよう配慮してほしい」と多額の賄賂を持参したが、明石屋が聞き入れなかったため、明石屋を殺して自死したらしい……という筋書きになっていたのである。

おそらく五条の者たちが周到に噂を流したのだろう。白歳も美以も呆然《ぼうぜん》と過ごした一夜の対応の違いが、くっきりと両者の善と悪とを反転させてしまっていた。〈枡源〉では、きちんと反論したつもりでも、すべてが後手後手にまわり、世間には単なる言い訳にしか聞こえていないようであった。

……店の三十両は、本当に明石屋に持参したのだろうか。

美以は、そのことが妙に気になっていた。しかも、宗右衛門が明石屋を訪ねたのは、すでに夜更け過ぎ……子《ね》の刻に近かったという。

そのような時刻まで、宗右衛門はどこで何をしていたのだろう。

美以は、事件の翌朝のことを思い出していた。

いつものように独楽窠《どくがくか》で鳥たちに餌を与えながら、ふと庭の一角が気になって、よく見ると掘り返したような跡がある。

モグラだろうか……と、近くまで寄った美以は、ハッとした。

土の根元が掘り返されているのは、鳥兜《とりかぶと》という紫の花であった。

掘り返された土は、新しい。

昨日、餌をやるときにはなかったはず……。

美以は、中の女中にその話をすると、女中はあっさりと、「そういうたら、若旦那さんが、昨晩、出かけはる前に庭にいはった」という。

宗右衛門は、本草学《ほんぞうがく》に詳しかったので、酒席の前に酒に悪酔いしないようにとか、精がつくように……などとあやしげなことを言いながら、よく庭の草を煎《せん》じては薬湯などを作っていたから、女中はいつものことと気にもとめなかったらしい。

……もしかして、鳥兜を？

若冲は、『玄圃瑶華《げんぼようか》』と同じような拓版画の『素絢帖《そけんじょう》』の中に鳥兜の図を描いている。

宗右衛門は、この紫の美しい花をつける草の根が、猛毒であることを知っていたはずであった。

もしかしたら、殺されたのではなく……？

宗右衛門は、本草学に長じており、特に毒キノコや附子《ぶし》など、漢方でも使われるような強い毒のある植物に興味を示し、好んで栽培していたのである。

……あの、天南星《てんなんしょう》も。

美以に最初に声をかけたのも、たしか赤い実をつけた毒草のそばにいたときであった。

美以は、風に揺れる紫の花を見つめた。

もはや若冲に知らせないわけにはいかないほど、ことは大きくなっていた。

それが不思議なことに、その数日後、大坂から若冲が帰国の途についているという先触れの連絡が入ったのである。金刀比羅宮の障壁画の仕上げは松本奉時《まつもとほうじ》や弟子たちに任せて、若冲としては製作半ばの『動植綵絵《どうしょくさいえ》』のことが気にかかり、早々に引き上げてくるという内容であった。

〈枡源〉に戻ってきた若冲は、すでに途中立ち寄った大坂の木村兼葭堂《きむらけんかどう》の元で宗右衛門の死を聞いており悲痛な表情であった。

「旦那はん……」

店の者は言葉もなく、涙をこぼしてうなだれた。やはり〈枡源〉にとって〈旦那はん〉は、この人しかいない、という思いが、どの奉公人の胸にも去来していたのであろう。

「兄さん……ほんまにすまんことしてしもうた」

白歳は、若冲の不在中に後継者を死なせてしまったことを詫《わ》びた。

「……たいへんやったな」

若冲は、静かに白歳と美以をねぎらった。

「これから、どないしたらええやろ」

白歳は、すがりつくように若冲を見つめた。

「うむ……」

若冲としても、途方に暮れるしかなかった。

錦市場は閉鎖されたままで、街は火が消えたようになっている。

「しばらく考えさしてくれ」

そう言って、若冲は……旅立つ前に用意してあった、新しい画室へ引き籠《こ》もった。

錦の店を白歳と宗右衛門に任せると決めた若冲は、その時点で、鴨川の西岸……四条と五条の間にある屋敷を買い取って、〈心遠館《しんえんかん》〉と名付け、自らの居住と画室として用意していた。

以来、若冲は〈心遠館〉に引き籠もったまま、錦の方はざわざわと落ち着かない様子で日々は過ぎていった。

「兄さん、どないしはったんやろか？」

と、白歳も美以もいぶかしく思ったが、若冲は何日も引き籠もったまま、店との音信も途絶えている。

心配して人を走らせたところ、使いの者は呆《あき》れて戻ってきた。

「あの、ご隠居さん……絵を描いたはりました」

「……絵を？」

弟が死んで、錦も閉鎖され、商売も立ちゆかなくなっているというのに……若冲は寝食《しんしょく》を忘れて『動植綵絵』の図の製作に没頭しているというのである。

もともと『動植綵絵』は、若冲が四十代半ばから少しずつ描きためていたもので、もうすぐ全三十幅が出来上がる予定であったのが、途中、銀閣寺《ぎんかくじ》や金刀比羅宮の障壁画の仕事などに遮られ、完成に時間がかかっていた。

一方で、宗右衛門が亡くなってから、美以は心の安まる間もなく日々を過ごしている。体は疲れていても、休む気持ちにはなれなかった。駆り立てられるように、美以は日常の雑事に没頭している。

ある日……。

突然、目眩《めまい》と吐き気がして、美以はしゃがみ込んだ。蹲《うずくま》った胸元が圧迫されて痛い。

何かいい知れぬ不安に襲われた。

もしかしたら……。

そういえば、今月はまだ月のものがない。あまりにいろいろなことがありすぎたから遅れているのだろうとたかをくくっていたのだが、考えてみたら、いつから滞っているのかさえ思い出せなかった。

川風にあたりたかっただけだろうか。美以は気がつくと、鴨川沿いの道を歩いていた。いつの間にか心遠館の近くまで来てしまっていた。

心遠館の周辺はひっそりとしており、人の気配もなかった。

と、そのとき突然、腹が差し込んで血の気がひき、美以は崩れるように倒れ込んでいた。

気付くと布団の上に寝かされていた。

自分の寝顔を覗《のぞ》き込んでいる男がいる……あろうことか若沖だった。

「……なんでここに」

門前で倒れていた美以に気付いた、往来を行く人たちが担ぎ込んでくれたらしい。

「えろうすんまへん。お仕事の邪魔してもうて……」

美以は、消え入るような声で謝った。

「……あんたにも、つらい思いさせたな。かんにんしてな」

若沖は、しみじみとした声で呟いた。

「美以や……あんた、昔はほのかにええ匂いがしてたけど、今は匂わへんな」

若沖は、どうやら美以の胸元に顔を近づけて匂いを嗅《か》いでいたらしい。

美以は、黙っている。ふと、鬼鳥《きちょう》太夫のことを思った。

「あんたな、わしの女房になるか」

「えっ？」

若沖は、悲しそうな顔をしていた。泣きたいのをこらえているような、幼子のような表情だった。

おそらく宗右衛門の不審死は、若沖を悲しみのどん底に突き落とし、完膚《かんぷ》なく叩きのめしていたのだろう。

若沖は、そっと美以の手を取ろうとした。

……この人も寂しいのだろうか。

そういう感情を表に出す人とは思ってもみなかった。

この人に、そうした感情があることも。

美以はその手を振り払って布団の中にしまい込んだ。

「……あきまへん」

この人の胸に飛びついて思いっきり泣けたら……。

でも、美以は、自分の体の変化に気付いてしまっていた。

「なんで、そんなこと言わはるんどす……」

もう遅いのに……。

心が弱くなって、そんなことを言い出す若沖が、美以は不甲斐《ふがい》なかった。若沖の一時の心の迷いから出た言葉が許せないような気がした。

「もう、あかへんのどす」

美以は、若沖の反対側に寝返りを打った。

とたんに涙が溢《あふ》れた。

「旦那はん、しっかりしておくれやす」

美以は、そう言ったまま、若沖に背を向け泣いている。

もう今となっては、それは許されないことなのだ。奥歯を噛みしめるように耐えながら、美以は泣いた。

「……すまんかった」

若沖は素直に詫びた。

「わしは、どうかしてるな。……かんにんしてや」

美以は、無言で泣いている。

「なんや、あんたのことがかわいそうでしかたのうなってしもうて……もう、そんなよこしまなこと考えへんさかい、ゆっくりおやすみ」

若沖は、心から恥じている様子で、布団の上に乗せた手でポンポンとやさしく美以の体をいたわると立ち上がろうとした。

「旦那はん……」

美以は、そっと布団から手を出して、若沖の手の上に重ねた。

「ちょっとだけ、こうしてておくれやす」

若冲は、何も言わなかった。

美以は、布団に顔を埋《うず》めるようにして泣いている。

若冲は無言で、両手で包み込むように美以の手をあたためている。

今までも、美以は若冲に知られたくない暗いものを心の内に抱えていた。だが、今のこの言い出せない気持ちは……はじめて秘密を持ってしまったような重苦しくもどかしい思いだった。

おそらく秘密は孤独を深めるものでもあるのだろう。


若冲は『動植綵絵』三十幅を完成後、取り付かれたように寝食を忘れて釈迦三尊《しゃかさんぞん》像《ぞう》の製作に没頭した。『動植綵絵』三十幅と『釈迦三尊像』三幅……釈迦と万物の世界、全三十三幅が完成すると、相国寺《しょうこくじ》に寄進し、同時に自分の墓を建立して永代《えいたい》供養料《くようりょう》を納めた。さらに周到なことに、若冲は、自分の死後についても、錦の広大な敷地のうち、帯屋《おびや》町の一角を町内に引き渡すことに決め、町内は、若冲の没後その忌日《きにち》に供養料として青銅三貫文ずつを相国寺に納めるという証文まで寺に入れるという念の入りようであった。

それからである。

若冲は動きはじめた。

まず、白歳の妻のフジの実家である分銅屋《ふんどうや》を訪ねた。分銅屋は、薬種問屋として京に聞こえた店で、その当主は、若冲にとって昔からの相談相手であった。

「この頃、仏さんの絵ぇばっかり描いてはると聞いて気になってたんどっせ」

分銅屋は温顔を崩さぬまま直入に言った。

「……若冲はん、あんた何か考えてはるのやろ」

「錦市場のことですけどな……このまま奉行所を相手にしてもどうもならんさかい、蔬菜をわてらに納めてくれている百姓らに力になってもらおうかと思うてますのや」

若冲は、あくまでも権力に寄り添わずにこの問題を解決しようと考えているようだった。その態度が分銅屋には好ましく思えた。

「錦の閉鎖には、町の者もほとほと困っておりますけどな、なかでも市場に蔬菜を運ぶ者らの困窮はいかばかりですやろ。そのへんから市場の再開を懇願してもらうのは、たしかにええ考えかもしれまへん」

若冲は、分銅屋の言葉に意を強くして、さっそく壬生《みぶ》など近郊の農家の名主《なぬし》を訪ね、錦市場再開の訴状を出すよう頼んで回りはじめた。もちろん他人頼みにせず、一軒一軒自分の足で回った。

錦市場を開いたのは、枡源の先祖である。それを自分の代で潰してしまったら、ご先祖様に申し訳が立たないと、若冲は、今まで店をかえりみなかっただけに悲壮な思いであった。

地元の名主たちも、まさか〈枡源〉の当主自らが頭を下げて回るとは思っていなかったのだろう、みな恐縮して協力すると言い出したのである。

……人が変わったような。

若冲の豹変《ひょうへん》ぶりには、枡源の人々はもちろん町衆たちも驚きを隠せなかった。驚いたというより、戸惑ったというのが正直なところであったろう。

美以は、気付いている。

『動植綵絵』を相国寺に寄進して、墓も建てて……もういつ死んでもいい、と若冲は思いはじめているのだ。

「美以や……」

いつものように美以が独楽窠の鳥たちの世話をしていると、背後から呼び止められた。この頃では、若冲は店のことで忙殺されているため、この奥の独楽窠に足を踏み入れることはほとんどなくなっていた。

『動植綵絵』を寄進して以来、若冲はまったく筆を握っていない。独楽窠や鳥たちの姿は絵への関心を思い出させるものとして遠ざけておきたかったのだろう。美以は、相変わらず取り残された鳥たちの世話をしている。

「……わしは、江戸へ下ることにしたで」

「え？　いつどすか？」

「すぐというわけにはいかへん。万事いろいろ整えてからな」

それでも、半年後くらいにはおそらく江戸に出立《しゅったつ》せねばならないだろう、と若沖は語った。

店のことを頼むと若沖は重ねて頭を下げた。この頃、白歳はすっかり気弱になってしまっている。どうか弟夫婦の力になって助けてやってほしい、と静かに懇願するのだった。

美以は、思わず涙ぐんだ。

「あんた、なに泣いとんのや」

若沖は、美以の突然の涙に狼狽した。

「旦那はん……」

美以は、言いたい言葉を呑み込んで、じっと若沖を見つめた。

「……心配せんでもええ」

若沖は手を伸ばし、美以の頬の涙を手でぬぐった。

「……死なんといておくれやす」

「美以……」

思わず若冲は内心を見透かされたように目を伏せた。

若冲は、江戸に行って直訴するつもりであった。

奉行所を通さず江戸表へ訴え出ることは越訴《おっそ》と呼ばれ、たとえ訴えを聞き入れられたとしても訴願人は厳罰を覚悟しなければならない。

訴え出た人々の多くは、その後、奉行所に収監され、吟味の最中に苛酷《かこく》な拷問を受け〈病死〉したことになるのだ。

「もう、やれることはすべてやったよ」

若冲にとって、おそらく『動植綵絵』の完成と、宗右衛門の死は、ひとつの終焉《しゅうえん》だったのだろう。そのことがことさら美以を不安にさせていた。

「……宗ぼんを死なせたのはわしやったかもしれへんな」

若冲は自らの不在が、宗右衛門を死にいたらしめたのではないかと思っているのだろう。店を、家族を、京という町をうち捨てて、逃げるように讃岐に行ったことを。自分の蒔《ま》いた種であったはずなのに、宗右衛門と美以が結びつくことを正視できなかったことを。

美以もまた、あの晩の宗右衛門との会話を、ときおり思い出しては深い後悔の念にさいなまれていた。

もしかしたら、宗右衛門は、美以の口から自らの出生の秘密を聞いて、そのことに動揺して命を絶ったのではないか。取り返しのつかないことをしてしまったのかもしれない。

そして美以は、自分の体に若沖の血を引く者の胤《たね》を宿していることを……

いまだ口にできずにいた。

十九　革叟

美以の体は本人の意思とは裏腹に少しずつ変化をみせているようであった。月日が経《た》てば、否応《いやおう》なしにひとつの現実が襲いかかってくるだろう。

美以は、それまでの日々を無為《むい》に過ごしている。

その朝、坪庭《つぼにわ》に水をまきながら、美以は今日が今年最初の二十五日……〈鷽替《うそか》え〉の神事がある初天神《はつてんじん》であることを思い出していた。

家にいても重い気持ちになるばかりなので、美以はふらりと家を出て、北野天満宮《きたのてんまんぐう》ではなく、島原にある幸天満宮《さいわいてんまんぐう》に向かった。

この日、幸天満宮では独特の恒例行事がある。

美以が境内に入りお守り袋を受け取ると、ちょうど「どーん」「どーん」と合図の太鼓《たいこ》が響いてくるところだった。この太鼓の合図を皮切りに、境内にいる参拝者たちは、それぞれ「替えまひょう」「替えまひょう」と声を掛け合って、手にしたお守り袋を見知らぬ者同士、手渡しして交換してゆくのである。

美以が、何人かの人々と交換したところで、

「あっ、あんた……」

と、お守り札を交換した老女が驚いたような声を上げた。

「……あ」

以前、廓《くるわ》にいたとき世話になっていた下働きのお鈴婆《りんばあ》さんであった。

お鈴婆さんは、下働きといっても、太夫たちの下の毛の始末から堕胎まで……遣《や》り手《て》でさえ手に負えないことを世話する老女だった。

「小夜鳥《さよどり》さん……」

お鈴婆さんも驚いたように美以を昔の名前で呼んだ。

「あて、今……〈枡源〉に奉公していますのや」

美以は、嘘をついた。

「枡源のぼんさんが亡くなったこと、知ったはりますか」

「えっ……」

お鈴婆さんのその驚いた顔を見た瞬間、美以は妙に腑《ふ》に落ちるものを感じた。

「……宗右衛門さんが死なはった？……やっぱり」

「やっぱり？」

お鈴婆さんがもじもじと口ごもっているのを見て、美以は、慣れた様子で金子《きんす》をお鈴の胸元にねじ込んだ。

「えろうすんまへんな」

お鈴婆さんは、胸元を両手で押さえながら頭を下げて、あの日のことを小声で語りはじめた。

宗右衛門は、あの夜、登楼するなり内証《ないしょう》に行って鬼鳥を身請《みう》けしたいと金を出したという。だが、主人や遣り手の取りなしにもかかわらず、鬼鳥は首を縦にふらなかった。

「あの日のぼんさんは別人のようどしてな、身請けできひんのやったら、ここで一緒に死ぬ言わはって、えろう暴れはりましたんや。もう、酔って手ぇつけられん様子で。酔い潰れて寝はったたん思うてたら、いつの間にやら帰らはったみたいで……あんなべろべろでよう帰らはったもんやと、あてらも翌朝言うてたんどっせ。えろう気の毒なことやったなぁ」

「宗右衛門さんが、そないなこと……」

　あるいはそれは、母と知って甘えたい気持ちの裏返しだったのか。いずれにしても、親子の名乗りもせずに、もどかしさに身を焦がしながら意地のつっぱりあいをしていたところは、宗右衛門らしくもあり、また鬼鳥らしいようにも思われた。

　たった一度のことで子を孕《はら》むなどとは信じがたかったが、湯殿で湯文字《ゆもじ》を取ってみれば、はっきりと腹はふくらみはじめていた。帯をいくらきつく巻いても、いつかは家の者に知れてしまうことだろう。

　美以が宗右衛門の妻であることはまぎれもない事実であるのに、本来ならば待望の〈枡源〉の跡継ぎであるはずなのに……。

　宗右衛門が夜な夜な花街に出かけて朝まで帰らないことは、家の者ばかりか奉公人さえみな知っている。

　あの夜にできた子だと言ったところで、信じてもらえるだろうか。

　美以は、いざとなったらこの家を出ていかなくてはならないかもしれない、とまで思い詰めていた。

　もし、〈枡源〉を追い出されたら……女手ひとつでこのお腹《なか》の子を養っていけるだろうか。

　ふっと、また身稼《みかせ》ぎしなくてはならないのかという現実を思い、美以は身震いした。

もう同じことを繰り返すのはいやだった。

友禅の下絵描きをしてでもどうにか食べていけるようにならなくては……という思いにかられて、美以はいつも通り家の仕事をしながら、暇をみつけては祖父が仕事をしていた頃の昔馴染《なじ》みの職人を訪ね歩き、下絵描きの仕事があったら回してほしいと懇願して歩いた。

「なにも枡源のおいえはんが、そんなことせんでも……」

と、染屋《そめや》たちにはいぶかしがられたが、「市場が閉鎖されてるさかい暇にしているのもつまらへんし」と美以は言い繕って、夜なべ仕事にせっせと下図を描くようになった。

錦の問題が沸騰《ふっとう》している間、若冲はまったく絵を描かなかった。蔬菜を作っている農家からも、町衆たちからも嘆願書は出されたが、いっこうに奉行所から錦市場再開の許しは出ない。

美以が金になる絵を描きはじめたことに触発されて、

「わても、なんぞ内職でもしよかいな」

などと、気のいい白歳は半ば本気で言い出している。

「このままやったら、わたしらも干上がってしまうで」

実入りもないのに雇い人を養っていくのは、蓄《たくわ》えはあるものの、さすがの〈枡源〉でも負担が大きかった。しかし、そんな中でも不思議なことに〈若冲〉に絵を描かせて売る、という発想がこの家の者たちにはなかったのである。〈若冲〉はすばらしい絵を描くけれど、それは方便にするための売り絵ではないと、誰もが思っているのだった。

もはや絵師としての若冲は存在しないも同然の中で、〈枡源〉の隠居である若冲は、いきなり「町年寄をおりる」と言い出して、町衆たちを驚愕《きょうがく》させた。

「こないな大事なときに……」

〈枡源〉だけが逃げるのか、と人々はいぶかしんだ。

だが、若冲の奇矯《ききょう》な行動は、それだけにとどまらなかった。

ふらっと出かけたと思ったら、突然、剃髪《ていはつ》し僧形《そうぎょう》になって帰ってきた。

若冲は、萬福寺《まんぷくじ》に出向いて、住持の伯珣照浩《はくじゅんしょうこう》に面談するといきなり「名前を付けてほしい」と頼んで、その法衣《ほうえ》を乞《こ》うたという。

〈革叟《かくそう》〉というのがその名である。

このときの伯珣の偈頌《げじゅ》によると、「身を世俗より脱して心を禅道に留《とど》む、なお故《ふる》きを去り新しきを取るがごとし」というのが〈革〉と名付けた所以《ゆえん》ということであった。

いきなり坊主頭に僧衣で戻ってきたので、店中の者が驚いた。

「兄さん、どないしはったんや、その格好《なり》は……」

白歳は、へんな坊さんが来よったと店を覗《のぞ》いて、それが兄の姿と気付いたとき、とうとう兄さんは気がふれたかと思ったほどであった。

もともと肉食もせず、在家僧侶のような生活は送っていた若冲であったが、まさか本当に禅宗の坊さんになってしまうとは思いもよらなかったのだろう。

「兄さんは、いざとなると何をしでかすかわからんお人や……」

若冲が僧形になって町年寄の家に出向いてゆく後ろ姿を見送りながら、白歳はぽつりと呟いた。

一緒に見送っていた美以も、言いしれぬ不安を感じていた。

「兄さんは鈍《どん》なようにみせて、ときどき、周囲をあっと驚かすことしはる」

白歳は、ほとほと疲れ果てた様子で、奥に引っ込むとフジに茶を淹《い》れさせて、かつてもこうしたことがあったと、しみじみと昔語りを始めた。

それは、白歳が〈枡源〉に引き取られて数年後のことだったという。

若冲は二十歳になるかならないか、白歳は、番頭についてぼちぼち店のことを差配できるようになっていた頃だ。

「わしは長崎に行くことにした。数年は帰らへんつもりやから、あとはよろしう頼んだで。お父はんには、あんたのことを重々頼んでおいたから」

若沖は、白歳に家督《かとく》を譲るつもりで、自分は京を去るというのだった。

驚いた白歳は、このときも半泣きになって止めたという。

「なに、本当は絵をしっかりと学びたいんや。長崎には清《しん》国から絵師も来てはるそうや……密《ひそ》かに唐人船に乗ってもうたら、かの国で本物《ほんまもん》の絵を学ぶこともできるやろ」

「……ええっ」

そう語る若沖には、国禁を犯して海を渡るという悲壮感などまったくなかった。

実際、鎖国は建て前であって、現実には、東インド会社の中継ぎ地点であるバタビアなどには、多数の日本人が〈漂流民〉として存在していたし、薩摩藩《さつまはん》は琉球《りゅうきゅう》を通じての貿易を行っており、長崎からの貿易船には日本人もまぎれていたという。

こうして若沖は、二十歳前後の二年間、京から消えた。

「世間には、丹波《たんば》の山奥に隠《こも》ってたいうことにしてるけど、ほんまは長崎に行ってたらしいのや。いや……あるいはもしかしたら……」

白歳は、ため息をついた。

「そんでな……兄さんは、別人のようになって帰ってきはったんや」

京へ戻ってみれば、父親は気弱になって床につくようになっていた。気の強い京女だった母親が白歳を虐《しいた》げて自ら店に立っている姿を見て、若冲は先のことが思いやられ、しかたなくそのまま当主に収まったのである。

白歳は、若冲に連れていかれた萬福寺で、兄が流暢《りゅうちょう》に清国人の僧と会話していることに驚愕した。長崎で何があったのか、もともと口の重い若冲は、多くを語らなかった。

そして数年後に、若冲の子供だという少年が連れてこられるまでは……。

「あのときも、腰を抜かすほど驚いたもんや……うちのお父はんなんど、あれが響いて急に亡《の》うならはったんやないかと、あとでみんな言うてたほどやで」

もう美以は、少しのことでは動じなかった。なんとなくそのときの様子は想像できるような気がした。若冲の場合、まったく本人に悪気はないのだ。ひたすら周囲のことを過剰に思うあまり、逆に家族を振り回している。こうして若冲の美しい作品の背後には死屍累々《ししるいるい》の荒涼たる風景が広がっているようにも、美以には思われるのだった。

「ほんまに何を考えてはるのか……兄さんは、自分のことを愚鈍やと言わはるけど、わてら凡庸《ぼんよう》な人間には、その心の内はようわからへん」

若冲が、自らを愚鈍であるとてらいもなく言うのは、ただひたすら束縛から逃れるための方便《ほうべん》であったのかもしれない。

白蔵が大きくため息をつくので、思わずつられたように美以もため息をついた。

二十　お精霊

「おいえはんの様子が、どうもおかしい」

夏のお盆を迎える頃には、家の者がひそひそ噂をするほど、美以の腹はいくら締め上げても傍《はた》からわかるほど大きくなっていた。

「いったい誰の子なんやろ」

口には出さないが、店の者も近所の人々もいぶかしげに美以を見つめている。美以は針の筵《むしろ》に座る思いでいつ切《いっ》り出そうかと思いながら相談する人もなく、肝心の若冲にも打ち明ける機会を逸していた。若冲は日々、江戸へ向かう準備に忙殺されていたし、店の者たちも波風が立つことを畏《おそ》れて誰も当主に注進しようとはしなかった。

京の町は……特に浄土宗《じょうどしゅう》の〈枡源〉では、八月に入ると〈おしょらいさん〉のお迎え準備で忙しくなる。美以は、父が神道《しんとう》であったことから、そのしきたりにはなかなか馴染《なじ》めないのであった。

〈おしょらいさん〉とは〈お精霊《しょらい》〉すなわち先祖の霊のことである。

お盆の時期、亡くなった人々は家に戻ってきて一緒に過ごすという。そのために、〈お仏壇《ぶったん》〉にはおがらで作った梯子《はしご》をかけ、〈おしょらいさん〉のために野菜や果物の〈お盛物《もりもん》〉や毎食のお膳をそなえる。

「旦那はん、いつお迎えいきまひょか」

お迎え団子《だんご》を作る準備をしていたフジは、通り庭をゆく白蔵に声をかけた。

「せやなぁ、明日の朝行こか」

「美以さんも一緒にどうや」

一緒に団子を作っていた美以は、額の汗を拭きながらあわてて頷いた。

〈おしょらいさん〉は、六道辻《ろくどうのつじ》の珍皇寺《ちんこうじ》に迎えに行くので〈六道参り〉ともいわれていた。六道辻のあたりは、鳥辺野《とりべの》が近いこともあり、あの世とこの世の分かれ道であるという。冥界《めいかい》から帰ってくる者たちは、どうしてもここを通り抜けないと現世《げんせ》に戻れないことから、この寺に〈おしょらいさん〉を迎えに行くのだ、と白蔵は教えてくれた。毎年、白蔵が行くこともあり、フジが行くこともある。今年は市も閉鎖されているので、夫婦揃《そろ》って行くのだろう。

美以が珍皇寺に行くのははじめてであった。

寺に着くと、まず高野槙《こうやまき》を購《あがな》う。

「ご先祖さまは、この槙にひっついて戻ってきはるのや」

「……ひっついて？」

白蔵の説明に、美以は、ご先祖さまが虫か何かになったような気がして槙を見つめた。

「あんた、ひっついてってておかしいわ。槙に乗って帰ってきはるて言いますえ」

フジが律儀に訂正した。

「どっちゃでも同じようなもんや」

水塔婆《みずとうば》を高野槙で水回向《みずえこう》しながら、白蔵夫婦はにぎやかにしゃべっている。

枡源のしきたりでは、迎え鐘《かね》をついたあと、黄泉《よみ》の国とつながっているという裏の井戸端へ行き、亡くなった人々の名を呼ぶという。

「……来たでぇ」

白蔵は、呑気《のんき》に井戸を覗き込むと声をかけた。こうすると亡くなった人の霊を一緒に家に連れて帰ることができると白蔵は思っているらしい。

「さ、行こか」

暑くなってきたので、白蔵はもう踵《きびす》を返した。

「あんた、そんなあっさり……ちゃんとおしょらいさん、つかはったやろか」

フジは、井戸の中を覗き込んでいる。

「もう、つかはったやろ。お天道《てんとう》さん高《たこ》うなってきたさかい、はよ帰らんと暑うて倒れてしまうで」

周囲では人々が、口々に「お父はん、お迎えに来ましたえ」などと井戸を覗き込んで声をかけている。

「美以さん……？」

美以はじっと井戸を覗き込んでいた。

この奥に、宗右衛門はいるのだろうか。あるいは、島流しになって三宅島《みやけじま》で死んだという父の魂も、はるばる南の島からこの京の井戸まで帰ってきているのだろうか……。

「美以さん！」

思いがけない力と大声に、美以は帯を引っ張られていた。

「あんた、あぶないえ」

真顔でフジが美以の背中に取り付いていた。

その瞬間、美以は不意に、声にならない叫び声を上げ、フジに取りすがって泣き出した。

自分でもなぜ泣いてしまったのかわからない。誰かに背を抱かれた瞬間、崩れ落ちるように気持ちを抑えきれなくなっていた。

「……美以さん」

気付くと泣いている美以の背を、フジはさすってくれていた。

「あんた、赤子《ややこ》ができたんやろ」

美以は、泣きじゃくりながら頷いていた。

「なんで黙っておいやしたん」

美以は答えられなかった。

「……しっかり元気な子をお産みやす」

美以は驚いたようにフジを見つめた。フジはじっと美以を見つめている。それ以上、何も聞かなかった。

「……宗右衛門が槙にひっついて帰ってきたんやろか」

白歳は、突然のことにオロオロしている。

「さぁ、はよ帰って、宗ぼんの好きなもん作ってあげたってや」

「そうどすなぁ。宗さん、おいもさんの味噌汁《おつい》好きどしたさかい、今晩作りまひょか」

ふたたび白歳夫婦はとりとめもないことを話しながら歩いている。その後ろをついて歩きながら、美以にはその何気ない日常の会話が、唯一の慰《なぐさ》めのように感じられるのだった。

その日から、美以はとにかくいたわられて過ごすようになった。

フジは美以を実家の分銅屋に連れていき、体の調子に合わせた血の道の薬を飲ませてくれた。

その分銅屋に薬をもらいにいくうちに……美以はフジの心持ちが少しずつわかってきた。

フジは十五のとき、別の家に嫁いだものの子ができず離縁され、実家に戻っていたところを白歳に見初《みそ》められ伊藤家に再嫁したという。

すでに引き取られていた宗右衛門がゆくゆくは若冲の跡取りになるとわかっていたので、自分には子がない方がのちのち面倒がおこることもなかろうと白歳はフジを口説いた。

だが、その宗右衛門が亡くなった今となっては、美以に子ができたとなれば、〈枡源〉としてはその子に家を託《たく》すしかない。

美以は、フジの置かれている儚《はかな》い立場を思った。そのやさしさがやりきれないようにも思われたが、今はそのやさしさにすがるしかないのだった。

そんなある日、〈枡源〉に奇妙な客があった。〈風来山人《ふうらいさんじん》〉などと名乗っているという。

若冲は宇治の萬福寺に出かけており、白歳も不在であったので、しかたなくフジと美以が応対した。

座敷に通された男は、でっぷりと太り、色白のせいか髭《ひげ》の剃《そ》りあとが青々としていた。髷《まげ》は極端に細くて、どうやら洒落者《しゃれもの》のようである。

「さいぜんからのう、庭で鳴いとんのは……鶯《うぐいす》かいのう」

「え？」

美以は、耳を傾けた。独楽窠《どくがくか》で飼っている鳥が鳴いているのだろう。

「夜鳴《よな》き鳥という、西洋にいる鶯やと思います。春先の今頃、よう鳴きます。浪華《なにわ》の五運《ごうん》さんが持ってきてくださいました」

なるほど、と頷いた男は、茶を一口すするとおもむろに切り出した。

「宗右衛門がのう、死んだっちゅうて聞いたんやけど……ほんまかいの」

「へえ……」

「ほぅなぁ。死んでしもたんか」

男は、いきなりさめざめと泣き出した。まるで少女のような泣き方で、体の方は巨体であるから、それはどこか滑稽ですらあった。

美以はフジと困ったように顔を見合わせている。

「あの……」

この男が、宗右衛門とどういう関係の人物であるのか、美以たちには見当もつかなかった。

「宗右衛門をのう、長崎くんだりから連れてのう、この枡源を訪《たん》ねたんは、わしやけん」

妙に癖のある話し方をする。どこの方言なのか、ひどく言葉に訛《なま》りがあった。

男は、若冲が長崎にいた頃、滞在していた唐人《とうじん》の家に共に寄宿していた者だという。讃岐《さぬき》国の出身で、藩からの命を受けて長崎でさまざまな異国の言葉や文化を学んでいた。

そもそも若冲が金刀比羅宮《ことひらぐう》の障壁画を描くきっかけともなった、金刀比羅宮の院主が若冲の弟子となったのは、この男の推薦によるものだというのだった。

〈風来山人〉というのは仲間内での通り名で、平賀源内《ひらがげんない》というのが本当の名前であるという。本草《ほんぞう》学者としてだけでなく、戯作者《げさくしゃ》あるいは絵師としても活躍しているというのだが、なんだかあやしげな人物であった。

「平賀さまが、宗右衛門さんを……」

源内は、もちろん若冲と宗右衛門の母である女との関係を知っていた。女は、若冲や源内が寄宿していた唐人が囲っていたのだという。

「女《おなご》は若冲どのと別れたんやけど、そいからの、その間にでけた子を誰ちゃに内緒で産んでしもたんやのう。唐人とは別れて、自分で自分をどっかしゃんの遊廓に売って金を作っての。あやしげな知り合いのとこに金を預けての、その子の養育を頼んだまま行方知れずや……」

源内も前後して長崎を離れ、讃岐や江戸で過ごしたのち、ふたたび長崎を訪れた際に、成長した宗右衛門と再会した。

「長崎くんだりに埋もれとるよりのう、京の父親の元に連れていっといた方がええけんちゅうて、わしが江戸に往《い》ぬときにの、京まで同道して参ったんでござる」

美以もフジも、なんとなく腑に落ちないような顔で首をかしげながら聞いている。数年後に落とし胤《だね》と再会などというのは、いかにも戯作風の話だ。

「あの……どうして、うちのご隠居さんの子やと」

唐人の主がいたとすれば、その子であったかもしれないではないかと美以はいぶかしく思ったのである。

「いやなぁ、そいはの……」

源内は、口ごもった。

若沖は、長崎の唐人町にある商人の家に寄宿していた。この唐人は、若沖の庇護《ひご》者《しゃ》であったが、同時に若沖もまた京都から膨大《ぼうだい》な生糸《きいと》を男の元に運んでいた。その財源は、唐人から横流しされる砂糖であった。当時、唐人船によってもたらされる砂糖は黄檗宗《おうばくしゅう》の寺の財源でもあったといわれている。

いわば持ちつ持たれつの関係を水面下で保ちつつ、表面上は、若冲は明清《みんしん》の絵画を学ぶ若き絵師であり、唐人商人はそのよき理解者だった。

「その唐人はの、女《おなごし》には興味ない男やけんの、その女を買《こ》うたんは、珍鳥を飼うようなもんで、夜の床で胡弓を奏《かな》でさすためやったんやちゅうこっちゃ」

どこまで本当のことかわからなかったが、この饒舌《じょうぜつ》な男の話はよどみなく続く。

若冲は、その鳥のように飼われている女と深い仲になり、逃げることとなったものの、直前になって主に露見してしまった。

「このまま京都に戻れ」

ぼんやり港で佇《たたず》んでいる若冲の元に源内は駆けつけ、女から預かってきたというものを渡した。

「それが〈うにこうる〉ちゅう……ご存じですかいのう、熱冷《ねつさ》ましにもなるっちゅう値千金《あたいせんきん》のイッカクちゅう魚の牙や。こいつを女は、大事にずっと持ち歩いとったんを、源左衛門さんにやってくれ、言うて……」

女がなぜ〈うにこうる〉を持っていたのか、どこで入手したものなのか、つまびらかではなかったが、あるいは、唐人商人が船で運んだ品物の中からかすめ取ったものであったのかもしれない。

「〈うにこうる〉の印は、昔から王の印となるといううんやけどの、そなな権力を持っちょる者《もん》よか、典雅な絵師の印にされる方がええやろうと女は言いよりましての……」

若沖は、躊躇《ちゅうちょ》したという。だが、若冲がのこのこと戻れば、沽券《こけん》を傷つけられた唐人に何をされるかわからなかった。

実際、露見したあとも留まった女の方はその後、男にひどい折檻《せっかん》を受けてしばらくは足腰も立たなかったという。

若沖が京に去ったあと、女も出奔《しゅっぽん》して行方知れずになった。宗右衛門を産んでいたということは、源内がその子を連れてくるまで若冲も知らなかったのである。

宗右衛門が遊里の匂いを求めずにいられなかったのは、そうした過去によるものだったのだろうか。

それにしても、なぜよりによって鬼鳥《きちょう》を……。

血が求め合ったのだろうか。

鬼鳥太夫が、どうして島原に流れてきたのかわからない。もちろん、自ら選び取った場所ではなく、流れ流されてたどりついた果てであったのだろう。

美以は、この〈風来山人〉が、その女が島原の遊郭にいる鬼鳥太夫であることを知っているか問い糾《ただ》したかったが、兄嫁の前でそのことを口にするのは憚《はばか》られた。

美以は、源内が、本草学に詳しいと聞いて、ずっと不審に思っていたことを尋ねた。

「あの……」

「……鳥兜《とりかぶと》を？」

「庭に植わっていて……美しい花をつけるために植えてあるのやと思うてたんどすけど……あの晩、掘り起こされたようなあとがあって」

源内は、思わず唸《うな》った。

「鳥兜の毒は熱《あっ》にしたら毒性が弱《よお》うなる。しかもやの、ちょびっとずつ服用しとったら、漢方薬に使われとるくらいやけん、体に耐性がでけて、同じ量を飲んでものう、相手が死んでも自分だけどっちゃないちゅうことも可能かもしらんのう……」

「まさか！」

美以は、宗右衛門が当夜泥酔していたと明石屋の家の者が話していたことを思い出していた。

その後の消息では、明石屋はすっかり回復して現在は店にも顔を出しているらしい。臥《ふ》せっていたという情報は、どうやらあやしかった。

「いや、あるいは……」

源内は別のことを考えているようであった。

「宗右衛門の心の闇の大ッきょさは、誰ちゃに判《わか》らんもんやったんやろうのう」

実は、宗右衛門も以前は絵を描いていたという。

「なかなかええ絵を描いとったんやけど、本人はなんぼ精進しとっても〈若冲〉ちゅう稀《まれ》な才を持っとる人が傍《かたわ》らにおったけん、限界を知るのも早かったんやろのう」

宗右衛門の短い人生は、若冲の影のようなものであったのかもしれない。

「毒になる草木を身近に置いての、いつでも殺《あや》めることができると思っとったんは、自身であったんか……あるいは父親であったんか……」

聞き取れぬほど小さな声でポツリと、源内は口の中でそんなことを呟いた。傷ついた気持ちは行き場を失って増幅し、やがては一気に崩れていったのだろうか。

あるいは……。

若冲にぶつけられない鬱屈《うっくつ》した悲しみは、自分自身に跳ね返って、自らの命を削ってしまったのだろうか……それも誰かに見せつけるような形で。

「あのまま長崎に置いといた方がよかったんかのぅ」

源内は、今となってはそのことが悔やまれてならないようだ。

周囲の人々が、それぞれに宗右衛門の死に意味を求め、自身を責めている。突然の死というものは、周囲にそうした爪痕《つめあと》を残さずにはいられないものであるらしかった。

二十一　明和辛卯

源内が去って行ったあと、美以はかつて鬼鳥《きちょう》が着ていた花鳥画の着物のことを思い出していた。

熟練の染物屋だった祖父が、若冲の花鳥画の背景を黒地に染めたのは、黒地の方が花鳥が映《は》えるだろうと考えてのことだった。

〈黒百色〉といわれるほど、黒色の染めは温度・湿度によって日々の染め上がりが違ってくるほど微妙なものだ。黒の染料は生地を弱らせるのが早い。すでに鳥の着物は存在していないかもしれない。

美以は、この鳥の図の記憶をたぐって版に起こし、烏石《うせき》や源内に教えられたことを思い出しながら摺《す》ってみることにした。

この当時、紙に凹凸《おうとつ》をつけて表現することに関しては……讃岐の殿様の命に応じて作成した魚の立体的な図譜『衆鱗図《しゅうりんず》』から、江戸の春信《はるのぶ》の絵暦の〈極《き》め出し〉の技法、果ては金唐紙《きんからかみ》まで……不思議なことに、すべてが平賀源内という不可思議な男の周辺に集中して出現している。

「何してるのや」

作業中、若冲に見とがめられた。

美以は、かつて注文を受けて祖父が染めた花鳥画を思い出して、こんなものを作ってみましたんやけど、と小声で言い繕いながら下図を差し出した。

『玄圃瑶華《げんぽようか》』のようなものを作ってみたかったのだが……もともと石摺にするために描かれた絵ではないから、どうもうまくいかなかった。

若冲は内心がみえない。かつて女に与えた花鳥画とすぐにわかったはずなのに、そのことには触れなかった。

「……これなぁ。着色してみたらどうやろ。合羽摺《かっぱずり》いうのがあるやろ」

合羽摺は、型紙をあてて着色してゆく友禅の技法に似ているので美以にもできそうな気がした。

美以はもう一度やり直すことにして、今度は若冲に同じ図柄の鳥の絵を描いてもらった。若冲は黙って鳥の絵を六枚描いた。もちろん、その中には砂糖鳥《さとうちょう》もいる。背景の黒色の部分は、江戸で流行《はや》っているという〈浮世絵〉の手法で馬連《ばれん》で摺ってみた。松下烏石が言うには、墨は意外なことに安い墨の方が摺物には向いているという。しかも、馬連で摺る場合は、宿墨《しゅくぼく》……あるいは、しばらく置いた腐墨《ふぼく》の方が、黒色が美しく出るようであった。紙は、鳥石に分けてもらった『玄圃瑶華』と同じ、ごく薄いものを選んだ。

下地の部分が出来上がると、合羽摺の技法で丹念に着色し、胡粉《ごふん》を蒔《ま》いたりして友禅のような質感も取り入れてみた。

出来上がったら落款を入れてやろうとだけ若冲は言った。印を押すのでは質感が合わぬだろうから、印も朱泥《しゅでい》で合羽摺の技法で入れようという。

……明和辛卯《めいわかのとう》と。

若冲は、落款とともに年号を入れると言い出した。

美以は、その意味を推察して思わずうなだれた。

江戸から万が一、戻らなかったときは……。

この花鳥画を、残された人々への餞別《せんべつ》にするつもりなのだろうか。

若冲が町年寄を辞したのは、もしものことがあったとき、類が町に及ばないようにという配慮からだということに、美以はすでに気付いている。

市場が閉鎖され、みな手持ちぶさたに不安にかられてばかりいるような閉塞感《へいそくかん》の中で、美以は、この無為な花鳥版画の製作に没頭した。

やがて、まるで友禅のような花鳥画が出来上がった。漆黒の闇の中にさまざまな花と鳥がくっきりと削ったように浮き上がる図である。

若冲が、来月にはいよいよ江戸へ向かうというある晩、美以は、出来上がった花鳥版画の六図を携《たずさ》えて若冲の部屋を訪ねた。

二人は、暗い部屋の中で、灯《あか》りに群がる夜光虫《やこうちゅう》のように息がかかるほど顔をつき合わせて、絵を眺めている。

「美以や、ようできたな……」

美以は、押し黙っている。

若冲は、数日ののちには江戸へ……あるいは、もっと遠くに行ってしまうことになるのだ。

「旦那はん……あて、知ってます。むかし大事なお人のために、この鳥の絵を描かはったんどすやろ」

若冲は絵を眺めていた視線を上げて、美以を見つめた。

「長崎の唐人屋敷には、こんな鳥たちが……白いオウムも、金鶏《きんけい》も、砂糖鳥もおったんや。この絵は、夜の闇の中の鳥たちのようや」

それは、一夜の思い出の鳥であったのかもしれない。

「わしは、どうやら人として何か欠けているところがあるようや。ひとりの女をどうすることもできひんかった」

「今でも……その長崎のお人が忘れられへんのどすやろ」

「異国の匂いに惑わされただけかもしれへんな。明《みん》の絵ぇや、唐《から》の国の言葉や、あの匂い……」

美以は、ふいにかつての自分の体から漂っていた匂いを妙に懐かしく思い出した。

「旦那はん……江戸にお立ちになる前に、この絵を届けてほしいお方があるんどす」

美以は、はじめからこの絵を……そのつもりで作ったのだ。

「……島原？」

美以が、聞き取れないくらい小さい声で鬼鳥の名と居場所を伝えると、若冲は不審《ふしん》げに聞き返した。およそこの男には無縁の場所であったのだろう。

「お行きやしたらわかります。今からでも行っとおくれやす……夜に話のつくとこどすさかい」

「美以……」

「うちのお腹の赤子《ややこ》は、宗右衛門さんの子や……旦那はんと、あのお方の血を引いた子ぉどす」

美以は、そう言い捨てると逃げるように自室に戻った。

このままどこか遠くに消えてしまいたいような思いだった。だが、部屋に戻って蹲《うずくま》ると、体の中からふいに胎動《たいどう》が響いてきた。それは思いがけない力強さだった。若冲がいなくなっても、たった一人になっても、この子を産み落として育てていかなくてはならない。

ふいに涙がこぼれた。

おそらく若冲はかつての女と再会し、今度こそ自分の手元につなぎ止めておこうとすることだろう。もしかしたら江戸に行くことを先延ばしにするかもしれない。それは淡い期待だった。どうにかして彼岸《ひがん》の向こうへ行ってしまいそうになっている若冲をつなぎ止めておきたい、ただそれだけ……。

美以は、若冲の前で無力だった。だが、あるいはあの女ならば、引き止めることができるのではないか……。

……あては、旦那はんが、いつまでも、ただ、京のこの町に居てくれはったらそれでええのや。

それなのに……なにも悲しいことはないはずなのに、美以は泣いている。

今宵も夜鳴き鳥は鳴いているが、今夜はどこかいつもとは違った声に聞こえた。

翌日は、〈枡源〉にとっても、錦の町にとってもあわただしく長い一日だった。

昼過ぎに、町年寄の鍵屋《かぎや》から使いが来て、錦市場の再開が許されたという思いもかけない知らせが届いた。

「旦那はんは……ご隠居さんは、どこ行きはったんや？」

若沖が錦市場の騒動の矢面に立つようになってからは、また町衆たちは若沖を「旦那はん」と呼ぶようになり、白歳は「白歳はん」と呼ばれていた。

「へぇ、ご隠居さんなら、朝いっぺんお戻りにならはって……あわてて取って返さはったけど……なんや金策に戻らはったんは奉行所の関係やったんかいな」

番頭が呟いているのを聞いて、美以は内心「やっぱり……」と別のことを考えていた。

「とにかくどこに行かはったんか、捜してんか」

白歳は、店の男衆をかき集めて方々へと捜しに行かせた。

店には知らせを聞きつけて、町中の人々がやってくる。噂を聞いた農家の人々は喜び勇んで野菜を積んで持ってきては、みな口々に礼を述べて帰っていった。日が傾きはじめた頃には、早くも祝宴があちこちで始まっていた。

「……兄さん、どこ行ってしまわはったんや」

白歳は、半泣きになりながら、対応に追われ、駆けずり回っている。

地道な嘆願が認められたのだとも、江戸へ直訴するという姿勢に奉行所が折れたのだろう、とも言われたが、不思議なことに、事件が解決したのは……十年以上どれほど望まれても退隠したまま文人として市井に暮らし帰山を断り続けていた大典《だいてん》禅師が、ふたたび住持《じゅうじ》として相国寺《しょうこくじ》に戻った直後のことであった。若冲が密かに相国寺第百十三世住持となった大典を動かし、京都五山より奉行所に揺さぶりをかけたことが功を奏したのではないかという噂ものちに囁《ささや》かれたという。

かつて町衆としては枡屋源左衛門、弟に家督を譲ってからは、伊藤茂右衛門《いとうもえもん》と名乗っていた若冲が、なぜかこの錦の事件の嘆願書など諸書類には〈枡屋若冲〉と署名していた。ほかの町年寄たちの名が○○屋○兵衛、などと並ぶ中に、〈枡屋若冲〉の名は、どこか異質である。だが、それだけ〈若冲〉の名は有効であることを若冲本人も知っていたのだろう。

その若冲は、ひっそりと夜半過ぎに戻ってきた。

「ご隠居さん、おかえりやす！」

気付いた小僧が飛びつくように若冲を迎え、奥に向かって、「ご隠居さんがおかえりやした。おかえりや、おかえりや！」と叫ぶと、店中の者がわらわらと飛び出してきた。

「ご隠居さん、ようございましたなぁ。もうこれで江戸に行かんでもええのんどすなぁ」

と、老番頭は泣かんばかりに喜んだが、若冲は頷きながらも、いつもと変わった様子もない。

「おかえりやす」

框《かまち》に腰掛け足を洗っている若冲の脇に、美以は手をついて頭を下げた。

足を洗いながら、若冲は投げ出すように紙包みを美以の前に置いた。

「……あんたに渡してほしいと言付《ことづ》かってきたで」

美以は、いぶかしげに包みを開けて、中から出てきたものにギョッとして小さく悲鳴を上げた。

白髪まじりの髪の束が包まれていたのである。

「……これは」

昨晩、若冲は島原の住吉楼に上がり鬼鳥太夫を呼んで、二人は何十年ぶりかの再会を果たした。

二人の間にどのような会話が交わされたのか、美以には知るよしもない。

若冲は女を昔の名で呼んだのだろうか。

鬼鳥は若冲の前で静かに胡弓を弾いたかもしれない。

昔と変わらないのは、その音色だけだったろうか。

若冲は、夜が明けるとすぐに店に戻り、身請けするための金をかき集めると、昼にはふたたび住吉楼を訪ねたが……すでに鬼鳥の姿はなかった。中書島《ちゅうしょじま》という別の花街に住み替えとなって去って行ったという。

「中書島……」

そこは島原よりずっと格の下がった廓《くるわ》である。

そして髪の毛だけが残されていた。

美以はふるえるような思いで遺された毛束を見つめた。

昔……鬼鳥太夫と二人で萬福寺の寺男の相手をしていたとき、ふと美以が、「どうしたら、こんなにきれいな墨色に摺れますのやろ」と、男が持参していた法帖《ほうじょう》を見て感嘆したことがあった。

そのとき、男は笑って、自分の坊主頭を撫《な》でたのである。

「……尼になったら教えてやろう、やて」

鬼鳥はそのときそう言って薄く笑ったものだ。経典は、尼になった女の黒髪をタンポにして摺るから墨色が美しく出るのだという。

この毛束をタンポに…ということだろうかと、美以がその真意をはかりかねていると、若冲はぽつりと「遺髪や」と呟いた。

「えっ？」

帰り際に下働きの老婆が、こっそり若冲を呼び止め囁いたのだという。

「……鬼鳥さんは中書島に住《い》んだんやない。あんたが金を取りに帰らはったあとすぐに死なはったで。髪を切って、梁《はり》に首くらはったんや」

美以は思わず悲鳴を上げた。

「嘘や……」

語っている若冲の表情は、翳《かげ》ってきて暗くなった家の中ではよくわからなかった。

「おまえは、京の女やな」

足を拭きながら、若冲はそう言って美以を見た。

「……え」

「底冷えがする」

そう言い捨てると、ぼんやりしている美以を残して、若冲は自室へと戻っていった。あるいは、無意識にそんな言葉が口を突いて出ただけで、言葉そのものに、それほどの意味はなかったのかもしれない。

が、そのひと言は、美以の心に突き刺さった。

とりかえしのつかないことをしてしまったのだろうか……。

それでも残された者は生きていかなくてはならない。美以はその数日後、無事に男の赤子を産み落とした。

しかしその後、若冲は美以たちの前に姿を見せなかった。ずっと心遠館に籠《こ》もったままであるという。若冲の不在は、まるで生まれてきた赤子を否定されているようにも美以には思われた。

若冲が久しぶりに〈枡源〉にやってきたのは、赤子のお七夜《しちや》の晩である。

おくるみに包まれた赤子を囲んで、若冲と白歳夫妻を中心に店の者までが鯛の尾頭付きと赤飯の膳を囲んだ。それは、この赤子がこれから〈枡源〉の大事な跡取りになることを示す儀式でもあった。

「なんとまぁ……」

かわるがわるに赤子の顔を覗き込んだ人々は、思わず驚嘆し同時にため息を漏らした。無邪気に笑う男の子は、ふつうの赤子と違ってふさふさとした真っ黒な髪に大きな瞳を持ち……死んだ宗右衛門の面差しにそっくりだったのである。

「……こぼんさんと瓜二つや」

口々に呟いて顔をほころばせる店の者たちは、最後に若冲に赤子を抱かせた。

そのとき、若冲は赤子を抱きしめたまま声もなく泣きはじめたのである。

家の者たちは突然の若冲の涙に呆然とした。

美以は、ひと言もなくその姿を見つめている。

若冲が赤子の面差しの向こうに見たのは、親子の名乗りを上げることもなかった子の姿だろうか。あるいは、指の間からすり抜けるように、とうとう抱き留めることのできなかった女の姿だったのだろうか。

若冲の歔欷《きょき》の理由は、誰にもわからない。

赤子は清房《きよふさ》と名付けられた。

そして。

この日、床の間に掛けられた命名書には、若冲のあまりうまくもない字で、「命名　清房」と大書された横に、父親の名の代わりに「伊藤若冲　孫」と記されていたのであった。

二十二　屛風祭

若冲は錦の問題が無事決着したあとも、なかなか絵筆をとれなかった。

「若冲はん、もう『動植綵絵《どうしょくさいえ》』みたいなもんは、描かはりまへんのか」

と、気楽に人々は問いかける。あれほどのものが、そう簡単に描けるわけもないのに……と、美以は呆《あき》れて聞いているが、若冲はいつも淡々と「そうどすなぁ」とかわしている。

一度、俗事にまぎれて途切れてしまった糸はなかなかつながらないようであった。

そしてまた絵を描かなくても食べていける境遇が、生半可《なまはんか》なものを描けない理由のひとつであることに美以は気付いていた。

ほかの絵師は、ほとんどの場合、絵を描かなくては食べていけない。安定した生活のためには経済的な庇護者が必要で、その後《うし》ろ盾《だて》を得るために、絵師は休む間もなくいい絵を描き続けなくてはならないものなのだ。

松下烏石《まつしたうせき》などは、若冲と対極にある文人墨客《ぶんじんぼっかく》といえた。

本願寺という庇護者を持ち、高価な墨も、異国の紙も好きなだけ買い求め、湯水のように金を使って、そして泥酔しながらも、求められれば揮毫《きごう》し、法帖《ほうじょう》を摺《す》った。欲にまみれ、才を浪費しながら、放蕩三昧《ほうとうざんまい》の日々を過ごし、それでも八十の長寿を全うして、故郷の江戸を遠く離れたまま京の地で亡くなった。どこかで誰かに誘われて酒を飲んだ帰りに倒れたのか、明け方、本願寺のすぐ近くの路上で死んでいたという。晩年は、酒癖の悪い烏石の相手をする者もなく、道で誰彼《だれかれ》となく声をかけては酒の相手を求めていたらしい。ひとりで酒を飲む寂しさには耐えられないのに、毎日飲まずにはいられなかったのだろう。

若冲は違う。世俗の欲はなく、所有する欲もない。魂は縛られることなく自由だった。

彼は、絵師であり、同時にその庇護者でもあった。だから、いくらでも高価な紙や画材を買うことができた。

そして、それが、絵師としての若冲のもっとも弱いところであるともいえた。

食うためでなければ、いったい何のために絵を描くのか……。

名をなす、というようなことともまた違う。

「描かずにはいられないから、描く」

そんな信仰にも近い感情から描いている。

その気持ちが、なぜかこのところ希薄《きはく》になってしまっているようだった。

自分の中で、ひとつの区切りがついてしまったからかもしれない。

美以は、敏感に若冲の変化に気付いている。

もしかしたら、大典《だいてん》さまとの間に何か……。

事件というほどの大袈裟《おおげさ》なものではなく、微妙な気持ちのすれ違いが、若冲と大典の間に生じているような予感がした。

ひとつには、あれほど相国寺《しょうこくじ》に向いていた若冲の心が、〈革叟《かくそう》〉の名を得てからは、すっかり黄檗宗《おうばくしゅう》の萬福寺に傾倒していることである。

そして、錦の事件の最中であったから、誰もが深く考えず気付かぬことであったが……大典が、五山《ござん》の多くの僧侶たちに帰山を促される形で、相国寺第百十三世住持になったとたんに、なぜか若冲は、臨済宗《りんざいしゅう》の相国寺を離れ、黄檗宗の萬福寺で出家したのである。

何かがあったのだろうと、美以は感じている。

大典は、市井の自由な暮らしを捨てて帰山した。その高い見識、政治能力から、すぐに朝鮮通信使《ちょうせんつうしんし》の応接係にまで駆り出され、江戸幕府の中枢とも深く関わり合い、結局は権謀術数《けんぼうじゅっすう》の渦中に身を投じることになった。結果として、大典の転身は、錦事件の解決には好都合であったが、もし本当に大典の身の振り方に、錦と若冲が絡《から》んでいたとしたら、若冲には忸怩《じくじ》たるものがあったに違いない。あるいは、ひとつの権威の頂点に君臨《くんりん》するようになった大典に対する寂寞《せきばく》たる思いだったろうか。

「あのお方は、蓮の花の下の……泥沼へと戻っていかれたのだ」

若冲がそんな言い方をするのを聞いたとき、美以は二人の間に何か隔てるものができてしまったことを感じたのだった。

表立っては、大典と若冲の交流は変わりのないようにみえる。だが、少しずつそれは形式的な付き合いへと変化していっているようであった。

そして、そのような中で、美以の日常は多忙であった。万が一のために仕事を請け負っていた友禅の工房からは、ぽつりぽつりと途切れることなく注文がくるようになっていたのである。

美以は受けた仕事のほかにも、若冲の許しを得て、今までの若冲の描いたさまざまな絵を下図に着物の図案を描きはじめた。

染め上がった反物《たんもの》をみると、「これええなぁ。うっとこでも一枚、染めさせてもろうてもよろしおすか」と、あちこちから言われ、いつの間にかそれが着物の発注となった。

京では職人が古今の絵に精通しているから、着物といえどもひとつの芸術品といえるものが出来上がってくる。

友禅は、どれほどの手間がかかっても、ひとつしか染めない。この世にひとつしかない着物なのである。

「どうしても若冲の絵が欲しい」

というのと同じように、〈若冲の着物〉を求める人があとを絶たない。

「この着物の絵は、〈若冲〉なんやろか」

と、美以は、その〈着物になった若冲〉を前にして、ふとそんなことを思うのだった。

着物の一枚一枚は、若冲が自ら筆をとって描いた絵ではなく、もちろん染めたのも別の人間である。

それでも、着物になって衣桁にかけてみれば、それは、まぎれもなく若冲としか呼べないいかにも〈若冲〉の匂いを発散しているのだった。

若冲の絵には、人々を魅了する何かがあるのだろう。

「若冲はんの描いた絵は、着物にしたときにはえる」と、職人たちは言う。

「若冲はんの着物は、衣桁にかけておいてもまるで掛け軸のようや」と、若冲の着物は女子供だけでなく、一家の主《あるじ》までがこぞって注文してくる。

若冲の着物の出現は、今まで一部の好事家《こうずか》の間でしか知られていなかった〈若冲〉という名を、京洛《きょうらく》の女子供の間にまで……それは都の隅々まで知らしめる結果になった。

しかし、若冲に対する一般の人々のあこがれが高まるにつれて、若冲自身の気持ちが乖離《かいり》していっていることにも、美以は気付いていた。

若冲の知らないところで、若冲の絵が一人歩きしている。

若冲の意図しないものを、人々は若冲として求めはじめていた。

着物の場合、もちろん、求めるのは多くの場合、女である。着物が掛け軸と違って〈外で人に見せる〉という宿命がある以上、どうしても他人より抜きんでた存在になりたい……と〈比べる〉ことが主目的になってゆく。

より奇抜なものを。より鮮やかなものを。

女たちの欲求はどんどん広まり深まってゆく。

絵にしても、着物にしても、欲望に結びついたとき、その本質は少しずつ失われてゆくようであった。

一方で、西陣の織元でも若冲の鶏の絵を見事な織物に織り上げた。織りの凹凸と絹糸の艶が、不思議な〈光沢のある絵〉のような出来上がりになってくる。

はじめは帯地にするはずであったこの織物は、のちに帯としてだけでなく掛け軸として重宝がられ、何本か同じものが作られた。

はからずも〈若冲の鶏〉は、友禅の染めや、西陣の織りの技術によって複製品がいくつも世に出回ることになった。

あるとき、美以は西陣でその織っている様子を見ながら、不思議なことに気付いた。

若冲の絵は、当然のことながら線で描かれている。それが織物では縦糸と横糸の交差によって織り上げられてゆくので、それは、線ではなく点で描いてゆくことになるのだ。

織物は下図の絵を紋意匠図《もんいしょうず》という枡目《ますめ》に起こす。いわば若冲の絵を点描に置き換えるわけで、その図を下に敷きながら織り手は一段一段糸を渡して織ってゆくのである。

点で描かれたものが、どうしてこんなに精密な線となるのだろう。

点の集合体として絵を描くと、そこには深みが出るようにも思われた。

あるとき、美以が、若冲の絵を枡目に起こして、ひとつひとつの枡目に西陣の紋意匠図のように色をつけてみると、不思議な絵が出来上がった。

「まるで……格子《こうし》から向こうを覗いているようやな」

若冲はそう言って笑った。

「屏風祭《びょうぶまつり》には面白《おもろ》いかもしれへんなぁ」

祇園祭の宵宮《よいみや》の頃は、町内の人々が通りに面した板戸や格子を開け、家にある珍しいもの……多くの場合は、屏風や敷物などを表の座敷に飾る。

絵師にとって屏風祭は名前を誇示する場でもあった。

そのため珍奇な絵もよく描かれた。

若冲は、実は人を驚かせるのが好きなことを美以は知っている。すぐに、この枡目描きのために一枚の絵を描いてくれた。象を中心にした獣たちが群れている稚気に溢れる楽しい図である。

「まぁ……」

象は、鼻を高く上げているが、その鼻が渦巻きのように巻いているのがおかしかった。

美以は、丹念にそれを枡目に写し取って、一枡一枡丁寧に塗っていった。

白と黒を基調にした〈枡目描き〉の群獣図は、誰も今まで見たこともないような絵として出来上がった。

屛風祭の宵闇の中、灯明《とうみょう》に照らし出される枡目に描かれた象たちは、見る者を不思議な世界に誘《いざな》った。

店の連子格子《れんじごうし》越しに眺めると、ゆらゆらと灯《あか》りが揺れるたびに、動物たちも動き出しそうな錯覚《さっかく》にとらわれる。

「不思議な絵やなぁ」

「なんや目がちかちかせえへんか」

「まるで浮き出て見えるようや」

道行く人たちは、みな足を止めて〈枡源〉の店先で感嘆の声を上げた。

大典禅師は、〈若冲〉が〈図案〉になって世間に流布してゆくのを、「若冲を貶《おとし》めるのか」と憂《うれ》いているという噂が聞こえてきたが、若冲はまったく動じなかった。

それどころか、枡目描きで六曲一双の屛風を作ってみよう、などと途方もないことを言い出したのである。当時、西陣でもっとも羽振りのよかった金田忠兵衛《かねだちゅうべえ》から、ちょうど翌年の屛風祭用の注文が来ていたところだった。

若冲は、まず丁寧に縦と横の両方向に下書き用の薄い墨線を整然と引いた。

「これ、枡目はいったい、いくつありまっしゃろか……」

噂を聞きつけて大坂から連れだって手伝いにやってきた、吉野五運《よしのごうん》と松本奉時《まつもとほうじ》も、あまりの細かさに呆然としている。

「……煩悩《ぼんのう》の数と同じにしてありますんや」

「えっ」

若冲は、ときどき人々の度肝を抜くようなことを平気でする。

「煩悩って、百八つだすか？」

五運は、首をかしげながら聞いた。

そのとき、息を詰めるように数えていた奉時が、赤い顔をして叫んだ。

「……ざっと縦に三百本、横に百四十本、掛けるといくつだす？」

「ええと、四万二千か、左と右の二つで……八万四千」

五運は暗算して、思わず唸った。

「……八万四千！」

もともと仏教では、八万四千の煩悩があるといわれている。あるいは、八万四千とは〈無限〉をあらわす数ともいう。

「煩悩をひとつひとつ消すように塗っていこう思うてますのや」

若冲がそう言うと、ふだんから若冲を信奉している奉時などは半泣きになって感激した。

「ああ、わても、その煩悩のいくつかを塗らしてもらえるなんて……ありがたいこっちゃ」

現に、枡目を塗るだけだから、それほど高度な技術を必要とするわけでもないので、手伝いにやってくる人々はあとを絶たず、みなそれぞれ若冲の指示通りに分担した〈煩悩〉を塗り潰したあとは、「ありがたい、ありがたい」と喜捨《きしゃ》まで包んで差し出す者も出てくる始末であった。

この絵を見たとき、誰もが驚かずにはいられない。

屛風を八万四千の煩悩で埋め尽くす、という発想。

その煩悩の集合体が、塗り分けてゆくうちに、いつの間にか白象はじめさまざまな動物や草花の咲き乱れる極楽のようになってゆくという不思議さ……。

「わしはな、いつも心の内に〈奇〉を蓄えておるんや」

と、若冲は言う。その〈奇〉を描いているだけなのだと。

しかし若冲の〈奇〉は、奇妙とか珍奇というような「人を驚かせる」ための〈奇〉とは、どこか違うように美以には思われる。それはもっと深いところで、人の心をつかむ不可思議さとしての〈奇〉のようであった。

こうして、六曲一双の屛風は出来上がり、その年の屛風祭には、西陣の金田家の表座敷に飾られ、たいそうな評判になった。

若冲は、この屛風のまわりを表具で仕立てるように、千花紋《ミルフルール》を散らした。

「昔……宗右衛門さんのいた家では、綴織《つづれおり》の西洋の壁掛けがあったそうどすなぁ。そこには〈うにこうる〉が乙女と一緒に描かれていたのやとか」

美以がそう言うと、若冲は「うにこうるではなくて、ユニコーン言うんやで」と、やさしく訂正した。

「旦那はんの印は……ほんまにユニコーンなんどすか？」

と、美以が聞くと、若冲は笑っている。

「ユニコーンやない。イッカクという海に棲《す》む魚の牙や。世間では、イッカクの牙をユニコーンや言うてるけどな……」

ユニコーンもまた、龍や鳳凰のように想像上の霊獣なのだろう。

「ユニコーンは、獅子《しし》とも互角に渡り合うほど、誇り高くて誰にも媚《こ》びひん、誰にも捕らえることのできひん奔放な獣やそうやけど、なんでか乙女には弱いそうや」

「なんで乙女に弱いのどすか？」

「さて。なんでやろな」

誇り高く束縛を嫌うユニコーンが、立ち向かっていく相手の獅子は、権力の象徴だろうか。あるいは世間とか世俗というものだろうか。

祇園囃子《ぎおんばやし》の雑踏を、若冲は幼い清房を真ん中に、美以とその両手を引いて歩いてゆく。

「そういうたら……」

若冲は、祇園囃子を聞いているうちに、ふいに思い出したらしい。

「宗右衛門は、あんたが〈枡源〉に来る前に会《お》うたことがあるて言うてたな」

「え？」

「祝言の前に、『美以なら女房にしてもええ』言うてな。昔、見かけたとき、なんて可愛《かい》らしい子ぉやろ思うたそうや」

「……いつのことどすやろ？」

美以には見当もつかなかった。

「祇園さんのときや言うてたけどなぁ」

「祇園さんの……」

「もっとよう聞いといたらよかったな」

「あても……」

もっとちゃんと向き合えばよかった。美以は、結局宗右衛門のことを何も知らなかった。

美以の目からふいに涙が溢《あふ》れた。

「先度《せんど》、宗右衛門さんを死なせたのは自分のせいやて、旦那はん言うてはりましたけど……ほんまは、うちのせいなんどす。宗右衛門さんが、鬼鳥さんを産みの母と知らずに惹かれはったのを知って……」

「美以、それは違うで」

若冲は静かに、しかしはっきりと否定した。

「あんたな、それ、逆さまや」

「……え？」

宗右衛門が、島原で鬼鳥を知ったのは、美以を娶《めと》ってからのことであった。気付かぬうちに、妻と同じ匂いのする遊女に惹かれて……宗右衛門は鬼鳥の元に通うようになったというのだ。

……抱けへんのや。美以はお父はんの思い者やった女や。

そう宗右衛門は鬼鳥に語ったと……若冲が訪ねていったとき、すべてを悟った鬼鳥太夫は笑い飛ばすように伝えたという。もちろん彼女はあくまでも母として宗右衛門に接していたのだった。

「なんでそんなこと思うたんやろなぁ」

若冲のこの疎いところが繊細すぎる宗右衛門には理解しがたかったのだろう。美以を抱こうとしなかったのは、父親としての若冲への反発であったのかもしれない。

「……そんな」

美以は、ぼんやりと聞いている。

宗右衛門は自分に対して憎しみの感情しか抱いてないと、ずっと思い込んでいたのに、それが過剰な思いの裏返しであったと今さら言われても、美以は、いったいどうしたらいいのだろう。

ふと、思い出す。

あのときの……抱かれたあとの、一瞬の心のざわめきは。

若冲と宗右衛門は、一度も親子の名乗りをあげたことすらなかった。

「似てるから、言わんでもわかるのやろ」

若冲がそう言ったとき、美以は二人が似ているとも思われなかったが、こうして年月が過ぎてみると、たしかに似ている部分もあったような気がする。

それにしても、こんなふうに過去の思いは、たったひとつの事実を知らされることによって、悲しみから温かい気持ちへと反転してゆくものなのだろうか。

「美以は、ユニコーンを手なずける乙女やったんやろか」

歩きながら若冲は呟いている。

「色街では、嘘つきのことを〈うにこうる〉たら言わはるそうどすけどな」

美以は、はぐらかすように答えた。

若冲は、孤独で無欲で誇り高い。

旦那はんこそユニコーンのようや、と美以は祭りの雑踏の中で不意に思うのだった。

綴織額『紫陽花双鶏図』　川島織物セルコン
川島織物文化館蔵

極子「うちは伏見《ふしみ》の出やさかい、昔から『なんや伏見か』言われたもんどす。せやけど美以さんは、ほんまに〈京の女〉いうお方どした」

雪佳「……京女どすな」

極子「いいえ。〈京女〉やおへん……〈京の女〉どすねん。なんちゅうたらええのやろ。言いたいことをよう言えへんで、泣いて泣いて女を磨かはったような……そうして年を重ねた美しいお方どした」

天明八年（1788）　深草　石峰寺

二十三　大火

明和《めいわ》から安永《あんえい》、そして天明《てんめい》と元号が変わった頃から冷夏や長雨で、あちこちから「今年は不作のようや」という声が聞こえるようになり、天明二年からは飢饉《ききん》の噂《うわさ》が京にまで広がった。

「来年は、ここまでひどいことはあらへんやろ」

と、人々は翌年に淡い期待を寄せたが、翌三年の夏には浅間山《あさまやま》が大噴火を起こし、降灰が京にまで届くような異常事態になっていた。舞い上がった火山灰は日射を遮り、この年はますますの冷害で、飢饉は深刻の度を増すばかりであった。

その大飢饉の中で、老中田沼意次《たぬまおきつぐ》が失脚、泥沼のような飢饉と飢餓《きが》の中で、江戸や大坂では打ち壊しの騒動も起こりはじめていた。

〈枡源《ますげん》〉は、その中で相変わらずであった。蔬菜《そさい》は日照時間の影響を受けるので青物問屋としての事業は縮小せざるを得なかったが、〈枡源〉は青物だけでなく、裏では砂糖や生糸《きいと》なども扱っていたので、萬福寺《まんぷくじ》などを通じての長崎へ向けての商売は、それほど影響を受けなかったのである。

しかもこれほど世情が荒れていても、着物を作りたいという富裕層は変わらず存在していて、美以《みい》はますます忙しい毎日を過ごしていた。

若冲《じゃくちゅう》の方は、〈枡源〉を白歳《はくさい》夫妻に任せ、心遠館《しんえんかん》に籠《こ》もることが多くなった。といっても、かつてほど創作意欲は旺盛《おうせい》ではなく、気ままに絵を描くだけで、悠々自適《ゆうゆうじてき》の生活を送っている。

さすがに最近は細密《さいみつ》な絵を描く根気はないようで、気が向くと水墨画を描くことが多くなった。一気呵成《いっきかせい》に筆の赴くままに描いたり、〈筋目《すじめ》描き〉と呼ばれる技法を自在に操って描いてゆく。筋目描きとは、隣り合った墨面の滲《にじ》んだ境に鱗《うろこ》のような輪郭線《りんかくせん》が出ることを面白く応用した水墨画のことで、紙と墨のことを熟知していないと、なかなか思うようには描けないものであるという。それは若冲の内面の誰にも侵されない伸びやかさと、どこか奇妙な部分が滲み出ているようでもあった。

天明八年の一月の晦日《みそか》……寒風が雨戸を鳴らす未明、心遠館で休んでいた若冲は、

「火事や！　火事やで！」

という近隣の人々の声に目を覚ました。

往来に出てみると、火元はちょうど鴨川《かもがわ》の対岸あたりらしく、風にあおられて火

はどんどん燃え広がってゆく。

様子を見にいった若沖が、対岸の火事と、また家に戻って一寝入《ひとねい》りしようと呑気《のんき》に構えていたところに、

「火が鴨川を越えたでェ」

という悲鳴のような人々の声が聞こえてきた。

そこからは、あっという間だった。

若沖は、取るものも取りあえず、錦《にしき》の〈枡源〉に戻った。

「兄さん、火事、大丈夫やったかいな？　今、若い衆《し》を走らせたとこやったんやけど……途中で会わなんだか」

などと、のんびり出てきた白歳に、若沖は「火が来るで」と、すぐに立ち退《の》く準備をするよう指示をした。

「え、めったにここまでは来《き》いひんやろ」

と、白歳は、びっくりしている。

「火勢が強いし、風がすごいんや」

「そうか……」

物見に行った店の男衆《おとこし》も血相変えて戻ってきた。

「えらいことや、えらいことや、仏光寺《ぶっこうじ》さんまで火が！」

あわてて荷物をまとめはじめた白歳を、若沖は止めた。

「荷物はなるべく持たん方がええやろ。今、ここへ戻る間も、荷物を持った人が溢《あふ》れて歩くこともでけへんほどやった。大事なもんは、どんどん蔵に運び込んどいたらええ」

「そ、そうや、そうやな……」

ちょうど飯が炊き上がったところだったので、フジは、女中たちと握り飯を作りはじめた。

京に住む人々は、火事に慣れていない。三十年ばかり前に大火があったきりなので、ほとんどの人がはじめて遭遇する事態であった。

「清房《きよふさ》はどこや？」

若沖が奥へ入ると、今年七つになる清房を、美以は三尺帯《さんじゃくおび》で背負おうとして、「お母ちゃん、おんぶなんか恥ずかしいさけ、いやや」とぐずられている最中であった。

「清《きよ》ちゃん、あんなぁ、火事のときは人がようけ逃げるさかい、はぐれてもうたら、もう二度とお母ちゃんと会えんようになってしまうんえ。離れんように、おぶったげるから……な」

「手ぇちゃんとつないでたら、大丈夫や」

「あかん……て。なぁ、お母ちゃんの言うこと聞いてぇな。さ、はよう……」

美以は、自分の胸の高さほどに背の伸びた清房をそれでも背負おうと必死にしゃがんで「はよしよしッ」とせかしている。

若沖は気付いて飛んでいった。

「清ぼん、爺《じい》が背負《せたろ》たろう」

清房の前にしゃがんだ若沖の背に、美以は清房を羽交《はが》い締《じ》めにするようにして乗せて帯でくくりつけた。

「ほら、高《たこ》うてよう見えるやろ。さぁ、走って逃げるで」

背の高い若沖の背で、清房は歓声を上げた。

「美以、何してるんや」

振り返ると、美以は、独楽窠《どくがくか》の鳥たちを必死になって籠《かご》から放していた。

「美以、鳥なんぞどうでもええ、はよしい」

すでにあたりにはきな臭い匂いが充満しはじめている。

「はよう、出よし。はよう！」

懇願《こんがん》するように追い立てても、自由に慣れていない鳥たちは、おどおどと美以にまとわりつくばかりだ。

美以は、どこにそんな力があるのかと思うような馬鹿力で、オウムの鎖をはずし、空に放とうとするが、オウムは叫ぶばかりで美以の腕から離れようとしない。

見かねた若冲が、近くにあった庭箒《にわぼうき》を振り回して鳥たちを追い払った。

鳥が群れをなして奇声を上げながら煙《けむり》で曇った空に飛び立っていく。

「美以、はよう」

「あっ、瑠璃《るり》！」

若冲に手を引かれた美以は、砂糖鳥《さとうちょう》の瑠璃が地面で震えているのを見つけ、あわててしゃがんでつかむと、懐《ふところ》に入れ、若冲に引っ張られるように家の外へと走り出ていった。

その日の夕方には、もう二条城《にじょうじょう》の本丸が炎上したということであった。

清房を背負った若冲と美以は、相国寺《しょうこくじ》を目指した。店の者たちとも相国寺で落ち合うことになっている。

火に追われて逃げている背後から、「御所《ごしょ》に火が燃え移ったでぇ！」というわめき声が聞こえた。

「御所まで火が来るやなんて。どこまで逃げたらええのや」

「とにかく北へ逃げるんや！」

口々にみな叫びながら逃げてゆく。

手を引かれた小さい子供が転び、人波に押し出されて戻れない親と名を呼び合う哀切な声が、あちこちで響いていた。

清房は、その様子におびえながらも、必死に若冲の背にしがみついている。

「わしから離れたらあかんで」

若冲は、痛いほど美以の手を握りしめた。

相国寺の門前まで来ると、あろうことか門は固く閉ざされていた。

「火はここにも来る。もっと北へ逃げよ！」

僧侶たちが声をからして叫んでいた。

一瞬、若冲は呆然《ぼうぜん》と門前に立ち尽くした。

火がここまで来るとしたら……寺宝はすでに退避してあるのだろうか。

美以も一瞬、自分の身の危険よりも、寺にある『動植綵絵《どうしょくさいえ》』のことに思いを馳《は》せた。

「若冲どの！」

顔見知りの僧に声をかけられて、若冲は我に返ったようであった。

「……大典《だいてん》さまは？」

「船岡山《ふなおかやま》に立ち退かれた。貴殿も参られよ。ここも火に巻かれるのは必定《ひつじょう》……」

若冲は、無言で頭を下げ、美以の手を引いてずんずんと歩きはじめた。

「……旦那はん」

美以は、小走りについていきながら、息が切れて言葉にならず、ただその手を握りしめた。

「美以、振り返ったらあかん」

絶望に震える口元を引き結び、若冲は喧噪《けんそう》の渦中《かちゅう》を歩いている。かつて都に「神の手を持つ」と知られた絵師も、ここでは火に追われて逃げまどう避難民の一人でしかないことを……若冲も美以も、思い知らなければならなかった。

あたりには夜の闇が迫っていた。

船岡山の高台からは、京の町を見下ろすことができる。

若冲と美以と清房は、ぼんやりと赤々と燃える町を見つめていた。

「美以、何を背負ってきたんや」

握り飯を清房に食べさせていた美以に、若冲はふと気付いて問いかけた。

「……枡屋のご先祖さまのお位牌《いはい》を」

風呂敷に包んで、美以は腰にしっかりと巻き付けていた。

白歳も動転して忘れたものらしい。

「しっかりしたおいえはんがおって、枡源のご先祖さまも喜んでいなさるやろ」

若冲は、少し笑った。

美以は、懐に入れて逃げた砂糖鳥の瑠璃を、そっと取り出して清房の懐に入れてやった。あたりはしんしんと冷え込んできている。

瑠璃は人慣れしているから、懐でじっとしていた。

「……温《ぬく》たい」

清房は、そう言ってそっと瑠璃の頭を撫《な》でた。

小さな生き物の思いがけない温かさに、美以は生き延びたことを実感していた。

「……あれは、ひょっとしたら相国寺らへん」

美以は、はっとして一方を指さした。

「あれは……」

相国寺の寺の屋根に、大きな鳥が鳳凰《ほうおう》のように飛んできて羽を休めている。もしかしたら、独楽窠の孔雀《くじゃく》かもしれなかった。大きな鳥は、火にあぶられるように赤く染まってゆく。さらに飛んでいったかどうかは、黒い煙にかき消されてわからなかった。

「……動植綵絵は」

美以は思わず口に出さずにはいられなかった。

若冲は、じっと燃えさかる炎を見つめている。心の内は美以と同じであったろう。

美以は、思わず涙した。

人々はなすすべもなく、町が焼かれていくのを見つめている。

大火は二晩かけて京都の町並みのほとんどを焼き尽くした。応仁《おうにん》の乱以来の大火といわれ、これほどの広範囲が焼けたことはかつて都の歴史にないことであった。

焼け跡に、人々は幽鬼《ゆうき》のように戻っていった。自分の家がどこにあったかも皆目《かいもく》見当《けんとう》がつかないような中で、それでも、やはり家があった場所に帰らなくてはならなかった。たとえそこに何も残っていなかったとしても。

若沖たちが、錦に戻ると、白歳夫婦や店の奉公人たちがすでに戻って後片付けをしていた。

白歳たちは、フジの実家分銅屋《ふんどうや》の者たちと合流してその知《し》る辺《べ》を頼って避難しており無事だった。

この火事は、延焼地域が広かったわりには死傷者の少ない火事でもあった。

蔵はひとつは火が入って落ちていたが、残りの二つの蔵はどうにか持ちこたえたようだという。すぐに開けると火を噴くことがあるので、数日してから開ける手はずだということだった。

「兄さん、鴨川の方の家は……」

「そうやな」

若沖は、美以と、そして店の者を何人か手伝いにつけてもらって、心遠館のあった場所へと向かった。

若沖は、どこかぼんやりしていた。おそらく失った絵のことを……考えまいと思っても、つい考えてしまうのだろう。

心遠館はすべてが焼けていた。

「木と紙でできているさかい、何にも残らへんな」

若沖は、まだ湯気が出ている焼け跡に立ち尽くしている。

美以は、清房に手伝わせながら、棒きれで焼け跡を掘っていた。

「旦那はん！」

美以は、簞笥《たんす》らしきものの跡を目印にして、その近辺を丁寧に掘り返しながら叫んだ。

「……硯《すずり》が」

美以は、焼けた硯を掘り起こした。

「磨いたら使えるか……」

若沖は、手で硯の泥を払った。

「……あ！」

さらに美以が掘り出したのは、焼けた桐《きり》の箱であった。

「これは……」

当時、高価な墨は、二重三重の桐の箱に入っていた。外箱は焼け落ちていたが、内箱は焼け残って墨を守っていたのである。

「……使えるかもしれへんな」

そう言うと、美以は、飛び上がらんばかりに喜んだ。

「旦那はん、また……絵が描けますなぁ」

「……うん」

絵は、いつか消滅してしまう。失ったことを嘆いても何もはじまらなかった。気力を奮い起こして、また新しい絵を描けばいいだけのことと……頭ではわかっていても、この状況の中ではどうしても思考は後ろ向きになりがちになる。

やはり気になるのは、『動植綵絵』の行方であった。

二十四　鶏と仙人掌

京都の町中が混乱の中にあった。

相国寺の大典禅師は、

「人心が乱れているから、このような大禍《たいか》に遭《あ》うのだろう」

と、呟《つぶや》いたという。

天災は、人知の及ばないところで起こるものなのに、それは不思議と世の中の空気と共鳴しているようなところがある。

折しも老中を追われた田沼意次《たぬまおきつぐ》のあとをうけた松平定信《まつだいらさだのぶ》による政治の刷新《さっしん》が行われようとしていた。

相国寺は焼けたものの、寺にあるおびただしい経典、美術品は運び出されており焼けずにすんだものも多かった。

だいぶ日が経《た》った頃、やっと『動植綵絵』が無事であるという知らせがあった。

「よかった……」

みな思わず落涙《らくるい》した。仏の御加護、という言葉を誰もが思った。

独楽窠《どくがくか》にいた珍しい鳥たちは、あの日以来、どこへ飛んでいったかわからなくなっていた。

ただ、砂糖鳥の瑠璃《るり》が残っただけである。

実は、砂糖鳥などのインコ類は、長生きをする鳥で、オウムなどは五十年も生きるものもある。

辻《つじ》では、捕獲《ほかく》した鳥を高値で売っている者がいたので、美以は、鳥たちの行方を探してみたが結局その消息は知れなかった。

若冲は、火事のあと、食欲もなく、何も手につかない日々が続いた。

「若冲はん、大丈夫やろか」

と、町の人々にまで心配された。

「旦那はん……」

せっかく命が助かったのに、魂《たましい》は死んだようになってしまって……。

若冲の気持ちもわからないではなかったが、美以は、どこかもどかしい思いにかられていた。

誰もが家を再建すること、生活を立て直すことに必死になっている。〈枡源〉にしても、蔵に蓄《たくわ》えておいた材木でいち早く仮の家を建て、みんな懸命に働きはじめている。

そんなある日、大坂から吉野五運《よしのごうん》が火事見舞いにやってきた。

「若冲はん、京にいても辛気《しんき》くそうなるだけやろから、摂津《せっつ》の西福寺《さいふくじ》いう寺に、襖《ふすま》でも描きにおいない」

西福寺は、五運の檀那寺《だんなでら》でもあった。

「旦那はん、行かはったらどうどす」

美以も、この殺伐《さつばつ》とした町に若冲をこれ以上置いておくのはよくないような気がしていた。

「兄さん、そうや、都にいても米も高騰《こうとう》して手に入りづらいさかい、浪華《なにわ》でのんびりうまいものでも食って、ええ絵をたんと描いてきたらええ」

白歳にも言われて、「すまんなぁ」と情けなさそうな様子で若冲は大坂に下ることになった。

「ご隠居さーん」

旅立つ朝、いつも近郊から蔬菜《そさい》を運んでいる農夫たちが、荷車に米や野菜を積んでやってきた。

若冲の体調が思わしくないと聞いて、みなで乏しい米や野菜をかき集めて持ってきたという。

「これから西福寺に行かはるんやったら、わてらが引いていってあげまひょう」

親切な農夫の若者が、荷車に若冲を乗せ、代わる代わる引いて若冲を米と一緒に西福寺まで届けてくれた。

「何か礼をしたいんやけど……このようなていたらくや」

西福寺に着いた若冲は詫《わ》びたが、農夫たちは、屈託なく笑って、

「いやー、わてらは礼をしてもらおうと思うてやったんとちゃいまっせ……そうや、縁起のええ絵でも描いてもらいまへんやろか」

若冲は笑って矢立《やたて》を出すとすらすらと布袋《ほてい》の絵を描いた。それは、どこかその農夫に似ていたので、仲間たちは笑った。

西福寺の門前で、別れ際に絵を描いていると、その人だかりに、何ごとかと物見高い人々が集まり、いつの間にか、

「西福寺に行くと、米一斗で一枚の絵を描いてくれはる坊様がおいでやそうな」

と評判になってしまった。

おかげで西福寺に滞在中、若冲は食うには困らなかった。

西福寺を訪れて、米一斗と若冲の絵を交換する人があとを絶たなかったのである。

半年ほどが経って襖絵ができたというので、美以は清房を伴って西福寺を訪れた。

迎えた若冲は、日に焼けて少し太ったようでもあり、すっかり健康を取り戻したように見えた。

「……ああ」

美以は、その襖絵を見て瞑目《めいもく》した。

若冲の得意とした鶏の図であった。

だが、かつての荒々しい美しさを誇示するような鶏ではなく雌鶏《めんどり》やヒヨコまで描かれている。

鶏の背景は、一面の金である。五運が、若冲のために調達した良質な金箔《きんぱく》が惜しげもなく使われていた。

そして、鶏と一緒に描かれているのは、仙人掌《さぼてん》であった。

仙人掌もまた、かつて吉野五運が独楽窠に運んだものである。若冲は、この強靭《きょうじん》で、いきなり美しい花を咲かせる不思議な植物が好きだった。

五運が孔雀石《マラカイト》の顔料をふんだんに用意してくれたので、仙人掌はみずみずしい緑色に彩られていた。

背景の金、仙人掌の鮮やかな緑、その中に、鶏の家族が闊歩《かっぽ》している。

特に真ん中の尾をピンと立てた威風堂々とした鶏は、今の若冲自身のようにも見えた。

すべてを失っても、絵を描き続けるという矜恃《きょうじ》……。美以はそのとき、若冲という存在が、〈ほんまもんの絵師〉になったような気がした。しかも、若冲は生きていくための絵を描いても、少しも卑屈になることなく、ますますその孤高の精神は磨かれて輝いている。

もちろん、今までも、若冲はすばらしい絵師だった。だが……今までとは、何かが違っていた。

すべてを失って、やっと自由に絵に向き合えるようになったのだろうか。若冲が取り戻したのは、健康だけでなく、その精神であったかもしれない。

しかし、そのあとで、美以は、襖の裏側に回って思わず声もなく立ち尽くした。

襖というのは、両面に絵がついている。

寺に入って、最初に目にする面を表というならば……表は、華やかな鶏たちであった。

そして、その裏側に描かれていたのは……。

蓮池であった。

表が金地なのに対して、こちらは錆《さ》びたような黒白《こくびゃく》の世界……それは、荒涼とした蓮池の景色だった。美しい蓮の花はひとつだけで、あとは萎《しお》れたり枯れたりしている。蓮の葉には穴があき、病葉《わくらば》となっている……。

若冲の描く葉っぱには、よく穴があいていた。なぜか病葉を好んで描いた。そのあいた穴の水玉が模様のようで面白くもあり、美しいだけでない葉は、この世の現実の姿でもあった。

それにしても、墨一色で描かれた、この荒涼とした蓮池は。

美以は、しばらく呆然として蓮池の襖の前に座り込んでいた。

鶏も美しかったが、この蓮池もまた、見ていると生きてゆくことの現実が、そくそくと迫ってくる。

泥沼から突き出た蓮の花は、蕾《つぼみ》からやがて花開き、そして萎れて、いつかはこうして枯れ果てるのだ。

「旦那はん……」

美以は、背後に座った若冲を振り返った。

「動植綵絵もすばらしおすけど、この絵は……」

若冲は何も言わずに頷いた。

「……かすかに蓮の匂いがするようどす」

きっと、蓮池に蓮の匂いが風に乗って渡ってくるのは、こんな花の盛りを過ぎた朝靄《あさもや》の頃だろう。

人生の黄昏時《たそがれどき》の、矜恃に満ちた雄々しさと、枯れる前のうら寂しさと……。

「さあ、そろそろ帰るとしようか」

若冲は、表で遊んでいる清房に声をかけた。

「おじいちゃん、このお米全部持って帰るの？」

清房は、荷車に積まれた俵《たわら》に歓声を上げている。

絵と交換した一斗の米が食べきれずに溜《た》まってしまい、寺に寄進しようとしたもののの住職に京に持って帰れと言われて、こうして都に運ぶことになったという。

「もう京にお戻りでっか」

近在の人々は、名残惜《なごりお》しそうに村はずれまで送ってきた。

別れ際にも、絵を所望する人があり、米はますます増えた。

若冲は、絵に〈斗米庵《とべいあん》〉と署名した。一枚の絵を一斗の米と替える……売り絵と言ってしまえばそれまでの行為が、若冲の絵には喜捨《きしゃ》を乞う僧侶のような飄々《ひょうひょう》とした清廉《せいれん》さが漂っていた。

それはかつて、茶を売って歩いた売茶翁《ばいさおう》の姿を彷彿《ほうふつ》させた。

多くのものは必要ないことを若冲は知っている。多くのものを得たとしても、それは今生での束《つか》の間《ま》のことで、いつ失われるかわからないものだ。

そのことを、今回の大火は教えてくれたようであった。

「ありがたいことやなぁ、都の有名な絵描きはんが、こうしてわてらのために筆をとってくれはるなんて」

と、村人たちは、押しいただいて帰っていく。

「……そうやな、あと二百年もしたら、きっとこの絵がええ言わはる人も、もっとぎょうさん出てくるやろ」

そのとき、若冲はそう呟いたという。

傍らで聞いていた幼い清房は、その言葉を心に刻んで生涯忘れなかった。

二十五　遊戯神通

若冲は、京に戻ると日を置かずして伏見《ふしみ》に居を移した。石峰寺《せきほうじ》という黄檗宗《おうばくしゅう》の寺の一隅に庵《いおり》を構えて、求めに応じて石仏の絵を描き、喜捨された金銭を石工《いしく》に渡して石仏を作らせる……というのが、ここでの若冲の日課になった。

石仏の下図は、もちろん若冲が人々のために描いた仏の姿であった。

ひとつ、またひとつと、石峰寺の裏山の山肌に石仏が増えてゆく。石峰寺は、こんもりとした山を背景にした寺であった。

「石峰寺さんに行くと、あの若冲はんが石仏を描いてくれはって、それがいつの間にか本物の石の仏さんになって裏山に増えていくらしいで」

と、巷間《こうかん》に噂が広まり、人々が絶え間なくやってくるようになった。同時に石仏もどんどん増えてゆく。

「なんや来るたんびに仏様が増えて……このままやと、この山は石の仏様で足の踏み場ものうなってしまうのと違いますか？」

久しぶりに訪れた美以は、驚くと同時に呆《あき》れたり、面白そうに笑ったりした。

「そうやな、ぎょうさんの仏さんに囲まれて暮らすのは楽しいやろ」

若冲は、大火のときに、考えたらしい。

どのように渾身《こんしん》の作品を残しても、ひとたび天災に遭えば、人の命と同じように儚《はかな》いものだ。

あるいは、拓版画のように同じものを複数作るということも考えられた。

たとえば、隣の国の清《しん》の乾隆帝《けんりゅうてい》は『四庫全書《しこぜんしょ》』という古今東西の書物の写しを八つも作ったという。だが、それだけの数を残したところで、ひとつの国の中にあれば、どれだけが後世《こうせい》に残るだろうか。戦乱や災害がひとたび起きれば、瞬く間にすべては焼き払われてしまうことだろう。

「……それで、石の仏さんどすか？」

若冲は欲というもののない人であった。それは誰もが認めることだ。

だが、もしひとつだけ人よりも固執《こしつ》することがあるとすれば……それは、自分が生命を吹き込んだ作品を〈後世に残す〉ということではなかったか……と、美以は思うことがある。

「美以や……秦《しん》の始皇帝《しこうてい》も、かぐや姫の時代の帝《みかど》も、不死《ふし》を願ったそうやけど、人の命は、どんなに長生きしても、たかだか百年。それも自分の意思ではどうもならん、天から授かった命を全うするだけや。せやけどな……絵は、百年どころか……今も隣の国には殷秦《いんしん》の時代からのものが残っているいうやないか」

たしかにそうだ、と美以は耳を傾けている。

「……もしかしたら永遠の命いうんは、そういうことやないやろか」

若冲の口ぶりは、まるで自らに言い聞かせているようだった。

……そうかもしれへん。

かつて美以は、そのことにうら寂しいような、何か重苦しい思いを抱いていたものだが、大火を生き延びた今……あの『動植綵絵《どうしょくさいえ》』がこの世に生き残ったと知ったときの喜びを思い出すたびに、別の感慨を持つようになっていた。〈若冲〉の絵には、何か生きてゆく力がある。たとえ形を変えても、〈若冲の世界〉は時代を超えて伝わってゆくのかもしれない。

最近の若冲は、『動植綵絵』のきらびやかな極彩色の世界とは対極の、水墨画においても新境地を見いだしていた。画仙紙という吸水性の強い紙に、墨をたっぷり含ませた筆で一気呵成《いっきかせい》に描いてゆくのである。筆の逡巡が許されないという緊張感が画面にみなぎる絵が出来上がってゆく。

天明の大火以降、錦市場《にしきいちば》も衰退し、伏見に隠棲した若冲の姿は世間からは都落ちしたように映ったかもしれないが、こうした若冲ののびのびした自由な画風は、京を離れたことによって得られたものであったかもしれなかった。

「描いているときは、何も考えへん。せやから心の内が正直に出るんかもしれへんな」

欲をそぎ落としたようにみえて、若冲もやはり心の中に弱い部分はあるのだろう。

若冲は、伏見に移り住んでから、伏見人形の絵をしきりに描くようになった。それも伏見人形の布袋《ほてい》が七人並んでいる図である。

伏見人形の布袋様は、小さいものから毎年少しずつ大きいものへと買い揃えてゆき、七つ揃うと縁起がいいといわれている。

だが、若冲の七つの伏見人形には、別の意味があった。

ちょうどその頃、伏見奉行の悪政に耐えかね、伏見の町年寄たちが江戸表に直訴したことから伏見奉行が罷免されるという事件が起こっていたのである。

そして……七人の訴願人は、全員が獄中で〈病死〉した。

七人の伏見義民の姿に、若冲はかつての錦市場での自分の姿を重ね合わせずにはいられなかったのだろう。

幕府の目を恐れ、誰もが語ろうとはしない義民の姿を、若冲は七人の布袋の伏見人形に託して描いた。

わかる人にはわかっていたはずである。

若冲が、ただ〈奇を描く〉だけの絵師ではないことを。

若冲が伏見に去ってしばらく経ったある朝、砂糖鳥の瑠璃《るり》が死んだ。

美以が〈枡源〉に来て最初に心を開いたのは、この鶯色の小さな鳥だった。

あれから何年になるのやろ……。

美以は、この家に来た日、砂糖鳥を指に乗せた少女の頃の姿を思い出していた。

極楽のような庭の中で、この鳥のようにぽつんと孤独に寂しそうに突っ立っていた。

いや、あの頃だけでなく……ずっと美以は、孤独で寂しかったのだ。

美以は、赤い実のこぼれる南天の木の下に小鳥の亡骸《なきがら》を埋めた。

かつて極彩色の花々が咲き乱れ、鳥が囀《さえず》っていた独楽窠《どくがくか》も、今はない……。

その数日後、美以は思いもかけない行動を起こして周囲を驚かせた。

髪を下ろしてしまったのである。

「美以や……あんた、なんちゅうことを」

若冲は声もなく、美しい尼になってしまった美以を見つめた。

「ねきに置いといておくれやす」

髪を下ろさなければ、若冲のそばには居られないということを、美以はわかっていた。

「名は、心寂」

その名は、美以がずっと若冲に言いたくて言えなかった気持ちのあらわれであったかもしれない。

男の思う孤独と、女の感じる孤独は違う。

若冲は孤独を糧に心の自由を得ているということを、美以はわかっていただけに、自分の寂しさをどうしたらいいかわからなかった。

だが、たぶん……孤独と寂しさは、同じように見えて別のものなのだ。

若冲はもう何も言わなかった。

「……この髪で、またええ拓摺のタンポが作れますやろか」

と、美以は、ちょっと悪戯《いたずら》っぽく笑って……そして、しんと黙りこくった。

髪を切って姿を消した鬼鳥《きちょう》のことを思い出していた。

その昔、若冲は長崎にいたとき、女の噂を聞いたことがあったという。

「あれは、〈唐《から》ゆき〉の子で、帝に差し出された辺境《へんきょう》の回教徒《かいきょうと》の娘というのは、女郎《じょろう》だった鬼鳥の母親の作り話だろう」

長崎の遊郭丸山《まるやま》では、日本人を相手にする者、出島《でじま》のオランダ人を相手にする者、そして唐人《とうじん》相手、と遊女はそれぞれ明確に分かれていた。出島に出向く遊女は〈オランダゆき〉、唐人屋敷に行く者は〈唐ゆき〉と呼ばれていた。鬼鳥は、その唐人専門の遊女の娘で、それで唐人屋敷に住んでいたというのである。

本当のことは、結局なにもわからずじまいであった。

「あんたまぁ、えらい清々《すがすが》しい尼さんにならはったなぁ」

美以が、〈枡源〉に戻ると、白歳は大仰《おおぎょう》に驚いて見せたが、いつかはこんなことになるのではないかと思っていたと笑ってみせた。すでに美以は、清房のことや、店のことを白歳夫妻に託していた。

〈枡源〉は白歳夫妻と店の者の力でまた盛り返している。清房は、最近では小僧さんとして店で立ち働いていた。

「お母ちゃん、フジおばちゃんが前垂《まえだ》れ作ってくれはった」

たまに美以が伏見から店に戻ると、清房は飛んできて前垂れを広げるように引っ張ってみせた。

〈枡源〉の名の入った大人用の前垂れの文字が切れないように、器用に上と下を縫い詰めた小さな前垂れをつけて、清房は得意満面で番頭さんのあとについて回るので、店の者や近所の人々に可愛がられているらしい。

「まぁ、ようお似合いや。清ちゃん、おきばりやす」

今から店の下働きをしておけば、ゆくゆくはいい当主になるだろうと町内の人々は噂した。

「清ぼんが大きゅうなるまで、あとしばらくは気張《きば》らなあかんなぁ」

と、こぼしながらも、白歳は七十過ぎまで店で立ち働いた。

白歳の墓は錦の店の近く……若冲の建てた父母の墓の隣に、生前、自分で建てた。

「せめて、墓くらいは自分の好きなようにさせてもらいまっせ……」

自ら筆をとって書いた〈白歳居士《こじ》〉と大書した墓碑の壁面には、流麗な字で辞世の句が刻まれている。

つらいつらい
花も紅葉もなきそよき

墓碑に「つらいつらい」と刻んだ白歳の本当の心の内は、今となっては知るすべもない。

だが、この弟がいたからこそ、枡屋源左衛門《ますやげんざえもん》は、若冲として存分に生きられたのだろう。

その後、若冲は八十三歳まで生き、晩年までその創作意欲は衰えることがなかった。

当時、京で著名な文人だった皆川淇園《みながわきえん》は、画家の円山応挙《まるやまおうきょ》、呉春《ごしゅん》と連れだって石峰寺の〈羅漢仏〉を見物しに若冲を訪ねたという記録が残っている。あいにくその日、若冲は不在であったらしい。

上ニ小竹門ヲ設　扁ノ云　遊戯神通

淇園は、寺の雰囲気を〈境静神清〉と書き記している。そして小さな竹の門があり、そこには〈遊戯神通《ゆげじんづう》〉という扁額がかかっていたというのである。

……遊戯神通。

仏教用語では、遊び戯れるが如く人々の救済を楽しむこと、という。

仏の境地に立って。

煩悩《ぼんのう》に満ちたこの世で迷う人々を。

遊戯とは、何ものにもとらわれず、自由自在のこと。

神通とは、目に見えない不思議な力のこと。

あるいは。

心にまかせて、仏の境地に遊ぶこと……。

この門をくぐった先には、そうした世界があると若冲は願ったのかもしれない。

そののちのこと……。

ある日の夕暮れ時に、この石峰寺の石仏群の中に、古風な〈被衣《かつぎ》〉姿の老女が佇《たたず》んでいたのを見たという人がいる。ひとつひとつの石仏の顔を凝視しながら、そぞろ歩いてゆくさまは、まるで石仏にかつての男たちの顔を重ね合わせているようにも見えた。

天明の大火以降、外出するときに〈被衣〉を被《かぶ》る女はめっきり少なくなった。

寺男が、まるで渡辺綱《わたなべのつな》の鬼退治に出てくる鬼女のようだと思って眺めていると、参拝者の中に知った人がいて、あれは中書島《ちゅうしょじま》の遊郭にいる有名な遊女だと教えてくれた。かつては島原《しまばら》で胡弓《こきゅう》の名手として名の知れた鬼鳥という遊女が惚れた男をあざむくために死んだと悲しい嘘をつき、場末の廓に流れて来たのだという。今でも望むと胡弓を奏でるが、決して明るい場所では求めに応じないのは、よほどの老女で、厚化粧にその老醜《ろうしゅう》を塗り込め隠しているからであろう、ということであった。

「それが……」

と言って、その様子を美以に語った寺男は声を潜めた。

好奇心にかられてそっと近づき、ふっと覗《のぞ》いたその女の目は……その瞳の色が、灰色がかった藍色だったというのである。

心寂尼は、若冲の死後もひっそりと石峰寺の門前で若冲の描いた〈羅漢図〉などを石摺《いしずり》にして方便《たずき》にしながら、〈若冲の妹〉として一生を全うした。

しかし、世間の目は、妹とは見てはいなかったようである。

若冲存命中に、その消息を伝え聞いた平賀蕉齋《ひらがしょうさい》の『蕉齋筆記』にいう。

若冲と同居し、尼となり心寂と云。

和歌を好み、石摺抔をこしらへ売りぬ。

他見よりは、若冲の妻なりと云者も有由。

おそらく傍目《はため》には、美以と若冲の姿はむつまじい夫婦のようにみえたのであろう。

III

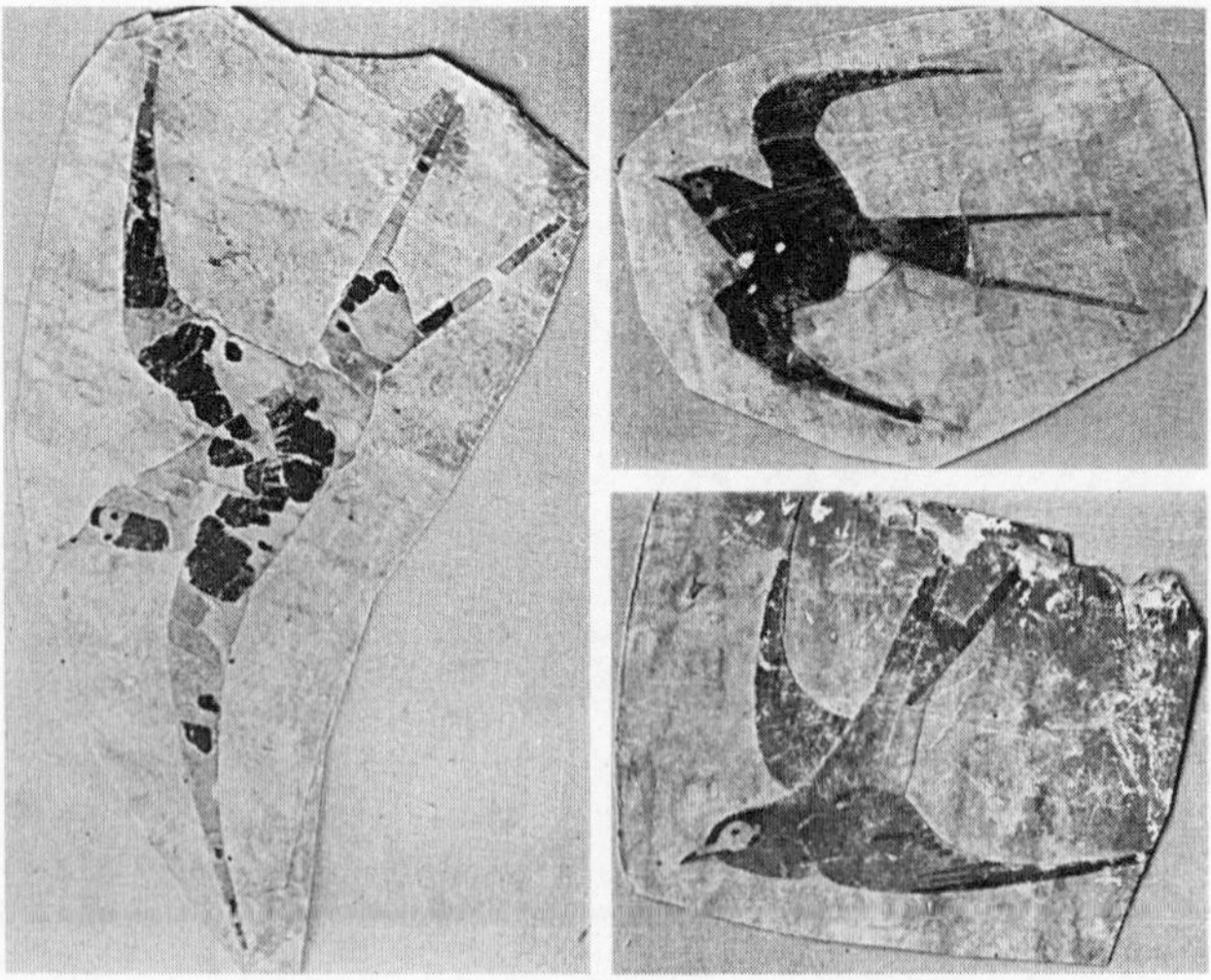

伊藤若冲『飛燕図断片』（東京国立博物館『MUSEUM』245号より転載）
定蓮寺蔵

その後……　横浜 日本郵船本社 そして、目白 椿山荘

二十六　燕の行方

極子刀自《きわことじ》は、ふっと語るのをやめて沈黙した。

「どこまでほんまの話なんやろ、思わはるかもしれんけど……あてにもようわからしまへんのどす。清房《きよふさ》さんも美以《みい》さんのことは、『母は、ちょいちょいおかしなことを言わはるけど、気にせんといてな』なんて言うてはったし……」

せやけど……と極子刀自は続けた。

「清房さんも……年をとらはってからは、こう……目の色が、なんとのう灰色がかったような青い目にならはったんどす。たしかに誰でも年をとるとなんや目の色が薄うなるもんどすけどな、お義父《とう》はんの目の色はふつうとは違《ちご》うてましたんや。鬼鳥《きちょう》さんの血筋かいな、なんて言うてはりましたけどな」

雪佳《せっか》は思わず玉菜《たまな》の大きな目を見つめた。

玉菜は、憮然《ぶぜん》としている。

「……いややなぁ。ほんなら、うちも碧眼《あおめ》になるんやろか」

「そういうたら、あんたのお祖父《じい》さんも四十過ぎた頃から目の色が薄うなったさかい、あんたも気いつけなあかんえ」

極子刀自は、真面目な顔で言った。

玉菜は思わず懐から手鏡を出して覗き込んでいる。

気付くと日は西に傾きはじめていた。

そろそろ辞そうと立ち上がった雪佳は、土産に持参した『蝶千種《ちょうせんしゅ》』を極子刀自に渡し忘れていたことに気付いて差し出した。

「いやぁ、おばあちゃん、これ呉服屋さんにしかないような高い高い本なんえ」

「まぁ、蝶ばかり……きれいどすなぁ」

極子は、本を開いて嘆息している。『蝶千種』は、木版摺の美しい図案集だった。

「おばあちゃん、うちなぁ、この柄《がら》で一枚着物を拵《こしら》えましたんえ」

玉菜が指さす一図を見て、雪佳は思わず目を細めた。

「ああ、あんさんが選んだのは、この蝶やったんか。さすがに通好《つうごの》みやな」

着物の好みは独特のものがある。さまざまな着物を着倒すことによって、またそれを人々の厳しい視線に晒《さら》すことによってのみ磨《みが》かれてゆく感性というものがあるらしい。

「蝶々は、サナギからきれいな姿に生まれ変わるさかい、みいちゃんみたいなお商売にはうってつけやな」

「せやけど、この頃ではアールヌーボーたら言うてな。大阪の芸者衆まで『ヌーボーだっせ』や言うて、あっちでも、こっちでも蝶々の着物ばっかりやし。せやから、うち、雪佳先生に聞いた話を思い出して『うちのはヌーボーちゃいます、金比羅《こんぴら》さんの蝶々どす』言うことにしてますのんや」

「金比羅さん？」

極子刀自は、そう聞き返して、ふと「そうそう……」と思い出した様子で、玉菜に化粧台の一番下の引き出しを、引き出しごと持ってくるようにと言った。

女の化粧箱の中には、いろいろなものがちりばめられている。見たところ、がらくたのようにしか見えない小間物《こまもの》も、当人にとってみれば、それぞれに思い出の詰まった宝物なのだろう。

「これなぁ……」

と、取り出した掌《てのひら》ほどの大きさの紙片を、極子刀自はトランプのカードのように、雪佳の前に並べて見せた。

一枚一枚には……燕《つばめ》が一羽ずつ描かれている。

「天保《てんぽう》の頃どしたか、若冲《じゃくちゅう》はんが金比羅さんのために描かはった襖《ふすま》の絵が、えらい傷んでしもうたさかい、新しい襖に描き直すゆうときに……若冲さんの描いた燕の絵をほかすのは惜しいと……どなたさんかが言わはったんどすやろな、ようわからしまへんけど、こうして襖の燕を一羽ずつ切り抜いて……」

「これ、若冲はんの描いた燕どすか……！」

雪佳は、目を瞠《みは》った。

「お寺さんが、その何羽かを、あてのとこにもこうして届けてくれはったんどす」

ここにこうして切り取られたまま飛んでいる燕たちは、若冲の『群燕図《ぐんえんず》』の生き残りであるらしかった。

「若冲はんは、金比羅さんの襖に、ぎょうさんの燕を描かはったそうどす。数えきれんほどの燕が、柳の木のまわりを飛んでいる絵ぇやったと……」

雪佳は震えるような思いで、そっと一枚の燕を手にとって眺めた。

「このほかにも、四国のなんたらいう……えーと、そうや、たしか定蓮寺《じょうれんじ》さんとかいうお寺に、この切り取られた燕らは納められて……今でも飛んではるそうどすえ」

「若冲はんの燕の生き残りが……」

百年もの歳月を経て、元の襖がなくなったのちも……若冲の描いた燕は生きていた。

雪佳は、いい知れぬ感慨に言葉を失っている。

「……どうぞ、お持ちやす」

「えっ？」

雪佳は思わず極子刀自の顔を見つめた。

「あてが持ってても、どないもならへんもんどす。なんも知らんお方が見はったら、ごもくみたいなもんや。みいちゃん、あんたにもあげまひょう」

「これ……ほんまに若冲はんの描いた燕さんなん？」

玉菜は切り取られた襖の燕を不思議そうに手にして眺めた。

雪佳は押しいただくように、若冲の燕の生き残りの一羽をそっと懐にしまい込んだ。

玉菜は、無邪気に燕の紙片を宙に泳がせている。

「ええなぁ。この燕さん、どこまでも飛んでいかはりそうや」

たしかに。

若冲の燕は時空を超えて今も飛翔《ひしょう》を続けているようだった。

極子刀自の隠居所を辞して、雪佳は油掛《あぶらかけ》の電停まで送ってゆくという玉菜と肩を並べて歩きはじめようとして、ふと立ち止まった。

「せっかくやから、若冲はんの墓参りして帰ろうかいな。お寺さん、たしか伏見《ふしみ》やったなぁ」

「へえ。ほんなら、近くまで送らせてもらいまひょう」

雪佳は、ふと胸のあたりを押さえた。懐には、若冲の燕がいる。

酒が回っているせいか、夕風が頬に心地よかった。

「若冲はんの絵には、なんていうんかな……強靭《きょうじん》な魂が宿っていて、そやからどこまでも生き抜いていけるんやろか……」

「そうどすなぁ。相国寺《しょうこくじ》さんに寄進しはって大事にしてもろうてるだけやのうて、摺物にして同じもの作らはったり……最後は石の仏さんまで作らはって……」

「ははは、石仏なら火事で焼けることもあらへんしな」

「せやけど……あの石の仏さんも、どんどんどこぞへ持ってかれてしもうたんやそうどすえ」

「せやなぁ。たしか、石峰寺《せきほうじ》の天井画も……」

幕末だか明治の頃、石峰寺が本堂を取り壊した際、若冲が描いた天井画は売りに出された。

廃仏毀釈《はいぶつきしゃく》の嵐が京の寺に吹き荒れていた時代である。

当時、奈良の興福寺《こうふくじ》の五重塔《ごじゅうのとう》などもわずか二十五円で焚《た》き付けとして売りに出されていた。

露店《ろてん》の骨董屋《こっとうや》に売られていた若冲のこの天井画は、目のある人が見つけ、一括《いっかつ》して買い取ると、自らの菩提寺《ぼだいじ》である信行寺《しんぎょうじ》に寄進した。こうして石峰寺の天井画は、信行寺の天井画となって生き延びた。

「雪佳先生、ほんなら、うち、ここで失礼さしてもらいます。石峰寺さんへは、ここからあとはまっすぐどすえ。ほなら、さいなら」

下駄《げた》の音を鳴らして去っていく玉菜の後ろ姿を見送りながら、雪佳は、自分の描いた絵や図案が……いったい百年後にどうなっているだろう、と一瞬思った。

石峰寺の山門をくぐった雪佳は、あっ、と小さく声を上げた。

「これか……」

朱色に塗られた唐風《からふう》の門にはたしかに〈遊戯神通《ゆげじんづう》〉という扁額《へんがく》がかかっている。若冲があこがれ、求めてやまなかったのは、現実の世界にはない……神の宿る桃《とう》源郷《げんきょう》の唐天竺《からてんじく》であり、若冲はその世界に遊んで生きようとしたのだろうか。

寺の裏山のうっそりとした竹林の中のそこここには、若冲の石仏たちがひしめいていた。

「うち、石峰寺さんの石の仏さんらは苦手どす。なんや怖《こお》おすねん。目ばっかりがギョロッと大きうて……」

玉菜は別れ際にそう言って、肩をすくめるように笑っていたが、たしかに点在する石の観音像などにくらべて羅漢像とされる石仏たちはなんとも異形《いぎょう》である。今は、石峰寺の五百羅漢と言われているが、若冲の時代、石仏の数は千近くあったといい、当時の名所案内などによれば、〈石峰寺の石仏群〉と呼ばれていたらしい。石仏だけでなく、涅槃《ねはん》の場所にはさまざまな動物の姿を刻んだ像もたくさんあったという。

雪佳は、足元《あしもと》の枯れ草を踏みしめるようにして、石仏たちの間を縫《ぬ》うように歩いてゆく。その顔はさまざまで、まさにこの世にいる人々の表情を写し出しているようだった。

ふっと、風が竹林を鳴らし、その瞬間、雪佳は無意識に身震いしていた。

羅漢像は、煩悩《ぼんのう》を脱した迷いのない行者《ぎょうじゃ》の姿といわれ、黄檗宗《おうばくしゅう》の萬福寺《まんぷくじ》の十六羅漢像のように、異国の人の恐ろしげな顔の像も多い。

若冲の羅漢像も、日本人離れした異様に大きな空洞のような目、ひき結んだ口……若冲は、その生涯においてほとんど人物画を描かなかったが、それは、残された数少ない人物画に描かれている、やはり空虚な穴のような目を彷彿《ほうふつ》させた。

雪佳は、これは本当に羅漢像なのだろうか、と思いながら、ひとつひとつの表情を眺めている。

ここにあるのは……もしかしたら羅漢像ではなく、石仏でもなく、さまざまな煩悩を抱えて世俗に生きる人々の顔を石に刻んだものではなかったか。

雪佳には、ふと、そのひとつひとつからは、若冲の隠れた憤怒《ふんぬ》や懊悩《おうのう》が叫び声となって聞こえてくるような気がした。

鬱蒼《うっそう》とした山を抜けると、その西向きの眺めのいい山肌に若冲の墓が建っていた。折しもやわらかな西日がその場所を照らしている。

雪佳は、そのあたたかな日に輝いている墓所に立ちながら、先ほどまでの石仏たちが吐き出す重苦しい感じは何だったのだろうと反芻《はんすう》した。

若冲という人は、色欲もなく、物欲もなく、宗教心に篤《あつ》く、町衆にも慕われながら百年近い人生を絵に専心して生きた。だが、おそらく……それは決して穏やかな人生ではなかったのだろう。少なくとも石仏たちは、そう語っているように思われた。

あるいは。

目の前の事象はそのときの見る者の心のありようを映すものだとしたら、石仏群を見て感じたものは、雪佳自身が世間に感じていた不満の反映だったかもしれない。

品川弥二郎《しながわやじろう》から〈染織筆耕〉の四文字を与えられて以来、雪佳はどこかで日本文化を背負って図案に取り組んできた。だが、国家が認めるのは、結局は東京美術学校を中心とした上野の山に連なる画家たちだ。いつの間にか、その鬱積《うっせき》が心の中にわだかまっていることに雪佳は気付いていた。

……お国になんど認めてもらわんでもええのや。

展覧会で競い合ったり、褒状《ほうじょう》をもらうために絵を描いたところで、どれほど後世にその名が残るだろうか。心血《しんけつ》を注いで生み出したものが、人々の日常の中に五十年、百年と、己《おのれ》の身が朽《く》ちたあとも生き続けてゆくとしたら……それが絵師としての本望ではないか。

この苔《こけ》むしてゆく石仏のように。あるいは、女たちに代々受け継がれてゆく着物のように。屏風《びょうぶ》も襖も茶道具も……女子供の小間物の端《はし》にまで、日常の中で愛《め》でられ、人々の日々に彩りをそえて伝わってゆくのが、日本の美術というものだ。

人は永遠に生きることはできないが、人がこの世に生み落とした作品は……たとえ、一羽の燕の図でさえも百年二百年と生きてゆく。おそらく若冲が思った永遠とはそうしたものであったのだろう。

ふいに、雪佳は心の中の〈染織筆耕〉から解き放たれたような気がした。

西日の当たる若冲の墓の場所に立ってみると、この山の中腹《ちゅうふく》からは、遙《はる》か京の町を遠く望むことができる。

そしてまた、若冲は、ここから西方浄土《さいほうじょうど》も眺めていたに違いない。

二十七　ライトと五葉

大正《たいしょう》八年（一九一九）、第八回京都三園展が東京で開催されるのに合わせて上京していた神坂《かみさか》雪佳は、会場に足を運んでくれた三原繁吉《みはらしげきち》に誘われるまま日本郵船《にっぽんゆうせん》本社を訪ねていた。香港《ホンコン》支店長など海外勤務の長かった三原とは、セントルイス万博前に祇園《ぎおん》で会って以来、久しく会話を交わす機会もなかった。

時代は、第一次世界大戦の終結とともに不況に陥っていた。なかでも運輸関係の不況は深刻で、特に船員の人員削減を進める新社長との対立から、三原は今月末で長年勤めた郵船を退社するということであった。今後は浮世絵や美術品を友に悠々《ゆうゆう》自適《じてき》の毎日を送るつもりだという。三原は数年前に転合庵《てんごうあん》という茶室を譲り受けたり、その茶室に縁《ゆかり》のある〈於大名《おだいみょう》〉という名の茶道具を一八九九〇円という破格の値で落札したりして人々を驚かせていた。

退社前に部屋を片付けている中で、三原はいろいろ出てきたものを雪佳に見せたかったらしい。

「それにしても、早いもんどすなぁ、前に祇園の尾野亭《おのてい》で会うたときは、雪香《ゆきか》がモルガンはんに落籍《ひか》された頃どしたなぁ……」

一時は〈日本のシンデレラ〉ともてはやされた雪香は、結局アメリカへの帰化は許されず、数年後に里帰りしたときは「金に目がくらんだ女」と世間から叩かれ、パリに渡り社交界をにぎわせたものの、四年ほど前に夫モルガンに先立たれたため、せっかく取得した米国籍も剝奪《はくだつ》されてしまい、現在は無国籍者としてフランスに在住であるという。

「いやいやお雪さんは、遺産相続の裁判に勝って莫大《ばくだい》な遺産を相続しましてね、今は新しい恋人と、たしかマルセイユでのんびり暮らしているそうですよ」

三原は、相変わらず男女の噂《うわさ》にも詳しかった。

そばにいると舶来の葉巻のいい香りがしてくる。

「それにしても……セントルイス万博の〈若冲の間〉は、アメリカではたいそうな評判やったそうどすな」

「ええ。残念なことにその評判は日本にはほとんど伝わらなかったようですがね」

セントルイス万博において、日本郵船のパビリオン〈若冲の間〉は大評判になり、欧米において〈Jakuchu〉の名はにわかに広まった。

「あのあと、アメリカでは、ちょっとした若冲ブームでしたよ」

日本ではあまり知られなかったものの、現実には、骨董屋からはどんどん若冲の肉筆が消えて海を渡っていったという。

美術品が一筋縄《ひとすじなわ》ではいかないのは、絵の価値や、個人の嗜好《しこう》とは別のところで、投機的にやりとりされる美術品の〈相場〉のようなものがぼんやりと、だが歴然と存在しているところにある。

「当然のことながら、贋作《がんさく》も急激に増えて市場に出回るようになった。それが……」

三原は、ちょっと声をひそめた。

「不思議なことに、落款《らっかん》の印《いん》が本物とまったく同じなのに……あきらかに絵は若冲ではない作品がこの頃よく出てくる、と骨董屋が嘆いていましたよ」

「印が同じということは……やはり若冲はんということやないんどすか？」

絵師とて人間だから、全部が全部傑作というわけにはいかない。

「いや、画材があきらかに違っていたり……若冲は金持ちでいい顔料を使っているでしょう？　一見してわかるんだ。水墨画も筆勢が、素人目《しろうとめ》にも違うんだなぁ。鶏の尻尾《しっぽ》などの勢いとかね……」

三原は、日本郵船の廊下を雪佳と連れだって歩きながら、宙に指で尻尾を描いてみせた。

「そういうたら……」

雪佳は、若冲百回忌以来、印が行方不明になっていることを思い出した。

「それにしても、若冲はんの贋作は昔からありますけどな、江戸の頃に作られたもんは、のちの人が若冲はんをどう見てたかがわかるようで面白おすな」

地方の旧家などでは、よく若冲の軸物が見受けられる。たいがいが鶏の図の贋作であることが多いのだが、それぞれの家で、「これは若冲の鶏」と大事に伝えられているのをみると、それはそれで……いや、それもまた……〈若冲〉なのではないかと、雪佳は思うのだ。

「この間、出かけていった入札会での業者たちの話では、今、どんどん出てきているのが若冲と……それから〈天龍道人《てんりゅうどうじん》〉なんだそうですよ」

「ああ、若冲はんを好むお人は、天龍道人もお好きやろね。たしか鉄斎《てっさい》さんも好きや言わはってたなぁ」

雪佳もそれほど詳しいわけではなかったが、天龍道人は謎《なぞ》の多い絵師で、今でも作品は、ぽつりぽつりと見かけることがある。

「ははは、若冲好きの富岡《とみおか》鉄斎ならば、天龍道人も好みでしょう。天龍道人は、長崎で沈南蘋《しんなんびん》の弟子の熊斐《ゆうひ》に学んだというから、南蘋派の流れを汲《く》む若冲とは同じ系列だ。葡萄《ぶどう》の絵など、そっくりですよ」

「天龍道人は熊斐の弟子どしたか。知らんかった」

一瞬、雪佳は伏見で聞いた話を思い出していた。だとすれば、もしかしたら、若冲と天龍道人は同時代の人だから、長崎の熊斐の元で出会っているかもしれない……。

「せやけど三原さん、鉄斎さんが、天龍道人に肩入れするのは、おそらくその勤王《きんのう》思想ですやろ。天龍道人のまたの名を〈王瑾《おうきん》〉いうんは、逆さから読むとキンノウつまり〈勤王〉や、言わはる人もおるんです」

「なるほど、それでか！」

三原は、膝を打つようにして笑った。

「若冲に値が付いて、どんどん海を渡っているのは、あきらかにセントルイス万博が火をつけたと思いますが、〈天龍道人〉の方は、若冲とは関係ないんですよ。なんだかこの頃、『天龍道人は竹内式部《たけうちしきぶ》である』っていう本がいくつか出て、それで話題になっているらしい」

「えっ……竹内式部？」

雪佳は、耳を疑った。極子刀自《とじ》から聞いた美以さんの話に出てくる……あの竹内式部のことだろうか。

「竹内式部っていうのは、なんでも、宝暦《ほうれき》だか明和《めいわ》の頃の勤王家らしいんですね。

この竹内式部が島流しになる途中で脱走して、信州に移り住み、七十過ぎから天龍道人と名乗って九十過ぎの長寿を全うし亡くなるまで、葡萄と鷹《たか》の絵を好んで描いたという」

「なんと。天龍道人が竹内式部やったとは。三宅島《みやけじま》で死んだわけやなかったんか……」

雪佳は感に堪えない思いで大きく息をついた。

「そういう本が出たら、急に天龍道人の絵が、あちこちから出てきた」

三原は、苦笑している。

こうした過去の人が発掘されるのは、裏にはどうやら今という時代の恣意《しい》があるようであった。

三原は一室の前で立ち止まり、ドアを開けて雪佳を招き入れた。

「……あっ!」

三原の部屋に通された雪佳は、ドアの横の壁に飾ってある絵を見て思わず声を上げた。

「これは……」

版画であった。

漆黒《しっこく》の闇の中に、緑色の小鳥がポツンと木立に止まっている。

「もしかしたら、これは若冲はんの……」

緑の小さな鳥は、かつて極子刀自の語っていた砂糖鳥《さとうちょう》ではないか……。

「ほう、雪佳さん、よくご存じですね。それは若冲の版画を元に作らせた復刻ですよ」

「えっ、復刻？」

たしかによく見ると、この砂糖鳥の絵には馬連《ばれん》の跡があり、完全な木版画で、版木の木目の跡も見えた。

「摺師の関口政治郎《せきぐちまさじろう》のところで作らせたんだ。元図は六枚あって……」

「三原さん、その元の絵は……どこで？」

雪佳があまりに興奮しているので三原の方が驚き、「……元の絵ならばここにありますよ」と、無造作に書棚から畳《たとう》に入った〈本物〉の絵を出して雪佳の前に広げた。

「この緑色の鳥は、砂糖鳥というらしいんですな。若冲のほかの肉筆に同じ鳥が描かれていて、その題簽《だいせん》に砂糖鳥とあったのでわかった」

「さすが三原さん、よう調べはりましたな」

雪佳は思わず感服した。実業家であると同時に、三原はすぐれた浮世絵の研究者でもあった。

「いや、私ではないんだ。五葉《ごよう》が熱心に調べてくれましてね」

「ああ、五葉さんが……」

橋口《はしぐち》五葉は、夏目漱石《なつめそうせき》の『我が輩は猫である』などの装丁で一躍脚光を浴び、アールヌーボー的なモダンな図案家、そして浮世絵研究家として知られていた。

五葉は鹿児島出身で、兄は日本郵船の長崎造船所の技手をしている。そのつながりで、日本郵船の欧米航路のパンフレットなどのデザインもしていたから、雪佳もその名は知っていた。

その橋口五葉は、すぐれた浮世絵の研究者でもあった。三原のすばらしい浮世絵コレクションは、五葉のアドバイスによって形成されているという噂もあったが、雪佳は逆ではないかとみている。

三原は、売れない頃からの五葉のパトロンであった。それは、単なる金銭的な援助者ということにとどまらず……おそらく三原は、五葉のために相当数の浮世絵を買い集めたはずであった。

五葉に見せるために。五葉に研究させるために。

そういう点でも、三原は真の浮世絵愛好家であり、コレクターであり、芸術家のパトロンであったといえる。

三原が浮世絵を買い集めたのは、異国の人々によって浮世絵の名品が海外にどんどん流出することに心を痛めたのが直接の動機であったが、名品が集まるにつれ、次第にその作品を五葉に研究させて、すぐれた複製品を作ることも、もうひとつの目的となっていた。

当時は、まだ江戸の残影《ざんえい》のように、すぐれた彫師や摺師が存在していたのである。

「これは……」

雪佳は、息を詰めるようにして、原画の花鳥版画の砂糖鳥の図を凝視した。

「……不思議な摺物どすな」

背景の黒色は、艶のない漆黒の黒だった。

「黒の部分には、馬連の跡があります。背景は木版で……そして不思議なことに、この元の図は色の部分が、合羽摺《かっぱずり》なんだ」

型紙を切り抜いて、そこに色をつけてゆく〈合羽摺〉は、浮世絵の初期……主に関西で流行した技法であった。

「まるで、型友禅や……」

思わず雪佳は呟いた。

「なるほど、この吹きつけなども、友禅と思うと非常にわかりやすいかもしれませんね」

三原は丁寧に絵を裏返して、摺の状態を雪佳に見せた。

「これを見て橋口さんは、なんと？」

「五葉は、これは認めないと言う。たしかにこれを若冲の時代のものとすると……春信《はるのぶ》からはじまる江戸の錦絵の歴史が……妙なことになります」

「たしかに……」

「紙も、どうもその時代の浮世絵の紙ではなさそうだと五葉は言う。調べたところ、若冲の『玄圃瑤華《げんぽようか》』とは同じ種類の紙のようです。ただ、不思議なことに『玄圃瑤華』は正面摺の拓摺なのに対して、この絵は浮世絵と同じように絵を反転して彫った版木を馬連で摺った木版画なんですよ」

たしかに紙は、浮世絵の紙とは少し違うように見えた。極端に薄い。やはり日本の紙ではないのではないか……と、雪佳は思った。

「三原さん、これをどこで……」

ふふふ……と、三原はうれしそうに笑った。

「ライトという男をご存じですかね？　建築家の」

「ええ」

世界的な建築家であるフランク・ロイド・ライトは、一方で浮世絵の蒐集家《しゅうしゅうか》としても知られていた。

「ライトが最初に日本美術に興味を持ったのは、先度《せんど》の……たしかシカゴ万博の平《びょう》等院《どういん》の建築からやったと……」

雪佳でも、その程度の知識は持ち合わせている。

セントルイス万博の前のシカゴ万博で、日本は平等院鳳凰堂《ほうおうどう》を模した建築物を建立し、たいへんな評判になった。当時、シカゴの設計事務所に勤めていたライトは、この平等院の建築物に衝撃を受け、以来日本美術、とりわけ浮世絵の蒐集にのめり込んでいった。

「実は、本人が言うには、そうではないらしいんだ」

三原は、ニューヨーク支店にいる時分から、浮世絵に関する同好の士としてライトと交流を深めていた。

「ライトが建築家の見習いとしてはじめて入ったのは、ジョセフ・ライマン・シルスビーの設計事務所で……雇い主のシルスビーが浮世絵のコレクターだったというんですよ。シルスビーの事務所では、壁一面に浮世絵が飾られていたらしい」

ライトは、シルスビーの事務所で浮世絵と出会った。

そのとき、壁一面の浮世絵の中で、あきらかに違和感のある花鳥画六図があったという。

ライトが一番最初に心惹かれた〈ウッドプリント〉は、この花鳥画の六図であった。

ちなみにライトは浮世絵のことを、生涯「ukiyo-e」という言葉を使わずに、「woodprint」と言った。

ライトはシルスビー事務所を辞すときに礼を尽くしてこの六図をもらい受けた。のちに膨大な浮世絵のコレクターとなったライトが最初に手に入れた〈ウッドプリント〉は、この花鳥画の六図だったのだ。

「だが……その後、いろいろ浮世絵を蒐集し、目が肥えてゆく中で、どうも最初に買った六図が、本来の浮世絵からはずれるものらしい……ということにライトは気付いたんだな」

アメリカで、ライトは三原繁吉にこの六図を見せた。

それは三原も見たことのない図であった。そもそも、〈浮世絵師〉というカテゴリーに〈若冲〉という名はない。

すでにライトは、この六図に興味を失っていた。どこか継子《まま こ》に対するような扱いであった。それで、三原がこの花鳥画の六図を譲り受けたというのである。

三原にしても、この〈ウッドプリント〉をどう評価してよいか決めかねていた。たしかに〈浮世絵〉の範疇《はんちゅう》においては、この花鳥画はどこか収まりが悪い印象がある。

しかし、そうした理屈などどうでもよくなるほど、この目の前にある〈ウッドプリント〉は、他に類を見ない美しさだった。

「もうひとつ……気になったことといえば、この絵の元の持ち主のシルスビーは……実は、フェノロサの従兄弟《いとこ》だったというのでね」

「……え？」

雪佳は、その偶然に驚いた。

「シルスビーの浮世絵コレクションは、すべてフェノロサが日本のどこからか集めて送ったものだそうだ。内容は当然、一級品揃《ぞろ》いだったことでしょう」

日本の美術界に君臨したフェノロサは、もちろん日本美術に対して並々ならぬ慧《けい》眼《がん》を持っているはずであった。

「それにしても……」

フェノロサといえば、相国寺《しょうこくじ》から『動植綵絵《どうしょくさいえ》』を買い取り自国に運ぼうとしたという噂もあった男だ。

まさか、その男が買い集めた浮世絵が、米国の従兄弟の元から、世界的な建築家であり浮世絵コレクターであるライトの手を経て、三原の手元に渡り、今、こうしてここにあるとは……。

「五葉は、どうしてこういう絵ができたのか、よくわからないという。技術がわからないというだけではないんだな。もちろん、技法もわからない。ただ、おそろしく手が込んでいることだけはわかる。だけど、なぜ、そこまでしてこの絵を作らなければならないのか、そこがわからない、という」

三原の話を聞きながら、雪佳は、やはり橋口さんは鹿児島の人だな、と思った。薩摩人《さつまじん》の気風から、絵描きになるなどというのは下に見られる風潮があるのだろう、そこに風穴をあけたのが美術学校の黒田清輝《くろだせいき》だ。五葉は、その美校を出て、図案家となり浮世絵の研究者になった。やはり絵に意味を求める。ありていにいえば、絵によって世に名を知らしめることが大事なのだろう。

それは、五葉だけでなく、今の画家……かつての〈絵師〉ではなく、〈画家〉として一個の作家として生きていくためには、どうしても必要なことであったのかもしれない。

愚鈍な子には「まぁ絵でもやらせ」と、幼い頃から絵筆を握らせる……長じて多少の絵心があれば食いっぱぐれることがないだろうという、そうした京都の感覚とはだいぶ違う。

京の町衆の中で生きている雪佳は、まだ〈絵師〉の存在に寛容な土壌の中にいる。

「友禅などは……たった一枚の着物のために、気の遠くなるような作業を重ねます。この〈おそろしく手のかかっている版画〉は……なにやら、それに近いのと違いますやろか」

　それは、京ならではの思考であるのかもしれなかった。

「たしかにそう思うと、いかにも京の絵師、若冲と思わせる絵かもしれませんね。実は……」

　と、三原は思いがけないことを語った。

「この絵を見るまで、あまり伊藤若冲という絵描きに興味がなかったんだ。それが、この絵を見て……もしかしたら、若冲は西洋人の思考に合うのではないかと思いましてね。モダーンでしょう？　それで、セントルイスで〈若冲の間〉をやろうと思ったのです」

「……え？」

　雪佳は、一瞬信じられないような思いで聞き返した。

「この砂糖鳥の花鳥画がきっかけで……？」

「ええ。はじまりは、この一枚でした。握ってみて……好きになった」

　フェノロサが見初《みそ》め、ライトの心を奪ったウッドプリント……浮世絵とはまた別の感覚で、おそらく多くの西洋人の心を惹きつけるものが、この花鳥版画にはある、と三原は読んだのだろう。

「『動植綵絵』が宮内庁に納められたのは、ちょうどその直後のことでしたよ。改めて『動植綵絵』を見て……『動植綵絵』の方がきらびやかですからね……セントルイスはこれでいこう、と思って、川島《かわしま》さんに相談したのです」

実は、すでに川島織物の二代川島甚兵衞《じんべえ》も若冲には目をつけていた。

「川島さんは川島さんで、若冲のあの〈色〉に着目していたというんだ」

さまざまな意匠を見慣れた欧米人に、日本様式を失うことなく、洋風の室内にも馴染《なじ》む題材として、川島は以前から〈伊藤若冲〉に注目していた。川島は、三原が、セントルイス万博の話を持っていくよりずっと前から、若冲が晩年に描いた信行《しんぎょう》寺《じ》の天井画のデザインを、そのまま丸いクッションにして欧米に輸出するというようなことまで試みていたのである。

やはり若冲の絵には、何か不思議な巡り合わせがある……それは、結局は若冲の絵の力なのだろう、と雪佳は大きく息をついた。

「セントルイスの『動植綵絵』のタペストリーは、万博のあと、どこに……？」

「ニューヨークの商業会議所が名乗りを上げたので、そちらに納めることになっていたんですがね……」

三原は、声を落とした。

「実は、搬送中のニューオリンズで船火事に遭って……すべて焼けました」

「なんと……」

雪佳は、川島織物で見た紫陽花《あじさい》を背景とした鶏の図を思い出していた。

丹精込めて作り上げたものも、失われるときは一瞬だ。

他に織られたものがいくつか今も川島織物に残っているはずだが……と三原は付け加えた。

裏返した砂糖鳥の図を表に戻そうとしたとき、小さな蔵印が押してあることに雪佳は気付いて微笑《ほほえ》んだ。

「……ええ蔵印ですな」

砂糖鳥の版画の裏面には、小さな朱印が押されていた。ミミズクの形に、腹の部分には〈三原〉とある。

「五葉のデザインですよ」

三原は、ちょっとうれしそうな顔になって笑った。

いかにも橋口五葉らしいデザインの蔵印である。

「本当は、こんな裏面などには押したくなかったんだが、この花鳥版画は、どれもぎりぎりまで摺られていてマージンがないのでね、しかたなく……」

浮世絵や本のコレクターの中には、所蔵したコレクションの品に蔵印を押す者が少なくない。通常は周囲の余白部分に押すものであったが、周囲に余白がない絵には、台紙の畳《たとう》の部分に押すこともある。

それがなぜか、この花鳥版画六図に関しては、三原はその蔵印を絵の裏面に押したのだった。表の図に響かないように、一枚一枚思い悩みながら、一番適当と思われるところに……たとえば、太い幹の部分の裏側などに丁寧に押してある。

コレクターというのは業《ごう》が深いものだ、と雪佳は思った。これほど心血を注いで一枚一枚蒐集し、大切に保管していながらも、心のどこかでは、いつか手放さなくてはならない日が来るかもしれない……散逸《さんいつ》してしまうかもしれない、という予感があるのだろう。

ミミズクの朱印は、三原の生きた証《あかし》でもあった。

と、同時に、若冲が生み出したであろうこの漆黒の闇に浮かぶ鳥たちは、ミミズクの印を背負い、これからどのように生き存《なが》らえてゆくのだろう。

雪佳は、鳥たちの来《こ》し方行《かたゆ》く末《すえ》を思うと、単なる版画ではなく、まるで一人の人間の生きざまを見ているような思いにかられた。

二十八　椿山荘

最後に、のちに神坂雪佳が耳にしたいくつかの話を記しておく。

三原から聞いた天龍道人と竹内式部について書かれた本は、すぐに寺町《てらまち》の書肆《しょし》で見つけることができた。『天龍道人傳　一名竹内式部勤王始末』という渡邉國武《わたなべくにたけ》による著書である。

はたして〈若冲の妹〉は、このことを……あくまでも噂であるが……知っていただろうか、と雪佳は百年前に思いを馳《は》せたが、考えてみればすでにその百年前の女性すら、もはや信州で仙人のように葡萄《ぶどう》と鷹の絵を描いて暮らしたという伝説の人と同じような存在に思われた。いや、あるいは若冲という絵師さえも、八百屋の主《あるじ》で、晩年は伏見で石仏に囲まれながら絵を描いて暮らしましたとさ、という伝説の霧の中に去っていこうとしているのではないか。

おそらくそれは若冲の望んでいたことなのだろう。自らの人生を麗々《れいれい》しく飾ってのちの世に残そうとは、若冲は露《つゆ》ほども考えていなかったに違いない。ただ絵のみが生き続ければいいと……生きた証《あかし》は、その人生ではなくて、残された〈絵〉、その〈絵〉だけが若冲にとってはすべてだったのだ。

雪佳は、木津屋橋《きづやばし》近くにある〈京の七名水〉のひとつに数えられた名水〈芹根水《せりねのみず》〉が、最近堀川の改修工事の際に濁水が入り涸れてしまったという話を聞いたとき、その石標の文字が松下烏石《まつしたうせき》によるものだとはじめて知った。改めて見に行ってみると、それは、たしかにいい字であった。

雪佳がその後、〈若冲の末裔〉の芸者玉菜《たまな》についての消息を耳にしたのは、橋口五葉が大正十年（一九二一）に中耳炎《ちゅうじえん》で急逝《きゅうせい》した直後のことである。

五葉の追悼展のポスターを手掛けたのが、建築家のフランク・ロイド・ライトであった。

『我が輩は猫である』の装丁家と、世界的な建築家との接点になったのは、もちろん三原繁吉である。三原の邸宅の設計を、帝国ホテルの設計のために日米を行き来していたライトが請け負うことになり、浮世絵を通じてライトと五葉は急接近していった。

その五葉の死後、裸体画のデッサンが大量に残されていたのが発見された。大阪で芸者に金を与えて描いたものらしいと、三原は雪佳に連絡してきた。

「その芸者というのが……例の若冲の末裔の玉菜だったそうですよ」

　玉菜は、それが原因かどうかはわからないものの、旦那の藤田とは割と早い時期に別れたのだという。

　藤田といえば、雪佳はある夏の夕暮れ時……すでに藤田傳三郎《ふじたでんざぶろう》はこの世になく、息子の、やはり骨董好きで数寄者《すきしゃ》として名高かった藤田平太郎《へいたろう》の招きによって、東京目白台《めじろだい》にある藤田家の別邸を訪れていた。椿山荘《ちんざんそう》と名付けられた広大な敷地の庭にはこの季節、蛍が群生している。

　その時。

　蛍の儚《はかな》い灯《あか》りに誘われ、椿山荘の庭を逍遥していた雪佳は、その庭の一隅に思いもかけないものを目にしたのであった。

　若冲の石仏が……椿山荘の庭にあったのである。

　それもひとつやふたつではない。数えてみると二十近くもある。石峰寺《せきほうじ》の若冲の石仏とまったく同じものだった。

　雪佳が驚いて同道した知人に尋ねると、すでに昔のことでつまびらかなことはわからなかったが、奇兵隊《きへいたい》の生き残りであった藤田傳三郎が、郷里の先達である山県《やまがた》有朋《ありとも》の別荘を譲られたのが、この椿山荘のはじまりであるという。

　いつの頃なのか定かではないが、藤田は大阪の邸宅から、この若冲の石仏群を椿山荘の庭に移した。

それより前は、〈網島御殿《あみじま》〉と呼ばれていた藤田の自宅の庭に、この石仏はあったという。

「近々、若冲の珍品を手に入れますよ」

藤田が三原にそう言っていたというのは、あるいは、この石仏のことであったのかもしれない。

どのような経緯《いきさつ》で、この石仏たちが石峰寺から藤田の元に渡ったのかはわからなかった。玉菜がなんらかの関わりがあってのことだったろうか。

東京目白台の椿山荘の若冲の石仏群は、伏見の石峰寺と同じようにひっそりと石《いし》灯籠《どうろう》と蛍の仄《ほの》灯りに照らされて闇の中に浮かび上がっている。

まるで時空を超えたような……。

雪佳は、時が経《た》つのも忘れて、石仏の前に佇《たたず》んでいた。

ちなみに、若冲の血を引く伊藤実以子《いとうみいこ》こと、芸者玉菜の消息は知れない。

その後、大陸に渡って、馬賊《ばぞく》芸者になったともいう。

若冲の遙《はる》かなあこがれの地へと燕のように飛び去っていったのだろうか。

あとがき

はじまりは、映画の企画でした。

それは平山秀幸監督からの電話で、デジタルフロンティアの清水プロデューサーが〈若冲〉を映画にしたいと、アメリカのプライス夫妻を訪ねたり、いろいろ動いているのだが難行しているので手伝ってもらえないかという……私にとっては久しぶりのシナリオの依頼だったのでした。

すでに別の方の書いた第一稿があったのですが、仕切り直しということで、改めて映画のためのプロットを作り、そしてシナリオの「若冲」を書きました。

もう十年近くも前のことになります。

シナリオのために、ずいぶん資料も集めたので、私なりに若冲を小説にしてみようと、改めて取り組みはじめたのは、それから数年後のこと……でも、なんとなく気持ちは乗りませんでした。シナリオでは、江戸の〈市井もの〉風にまとめてみたのですが、なんだか若冲を〈人情もの〉にしても面白くならなかったような気がしたのです。でも、その時はそれよりほかに思いつきませんでした。

その頃は体調を崩したこともあって、日々だけが無為にどんどん過ぎてゆくようでした。

ある日、もう一度、集めた資料を読み返していた時に、ふと、若冲の印が〈うにこうる〉であったという記述を見つけました。鈕《つまみ》には獅子が彫刻されていたのだそうです。

「獅子とユニコーンには、特別な意味があるのではないか」

と、ご教示下さったのは、大正イマジュリイ学会の山田俊幸先生でした。

若冲に新たな興味が湧いたのは、この時からだったように思います。

最初に若冲展を見に行った時、一番心に残ったのは、平木浮世絵財団所蔵の『花鳥版画』の六図でした。理由はありません。ただ、「好きだ」と素朴に思った一枚が、『花鳥版画』の〈青桐に砂糖鳥〉だったのです。

それにしても……この鶯色の鳥は、なぜ〈砂糖鳥〉と呼ばれているのだろう？

ところで。

浮世絵の世界では、昔、三大コレクションといわれるものがありました。松方コレクション、斎藤コレクション、そして三原コレクションです。松方コレクションは、東京国立博物館に入り、斎藤コレクションと三原コレクションは、戦後リッカー美術館に入りました。現在の平木浮世絵財団です。『花鳥版画』は、旧三原コレクション所蔵のもので、リッカー美術館に入った時、すでに〈青桐に砂糖鳥〉と作品目録には記されていたのだといいます。

もうひとつ不思議なことに、『花鳥版画』は版画であるにもかかわらず、なぜかこの平木浮世絵財団に所蔵されている六図しか現在のところ存在が確認されていないのです。

この三原コレクションの三原繁吉という人は、日本郵船の重役であったということしかわかっていません。平木浮世絵財団でも、現在では三原についてはほとんど資料がないとのこと。日本郵船にも問い合わせてみましたが、やはり同様の返答でした。

それでもいろいろ調べてみると、三原繁吉は、大正十年に発足した浮世絵協会の初代理事長であったことがわかりました。戦前は浮世絵界の重鎮的な立場で、浮世絵の雑誌にもしばしば寄稿していて、その名を確認することができます。ところが、昭和十六年を境にピタリとその名は消え、いつ亡くなったのか……今となっては、死亡した日すらわからないのでした。不思議なことに、戦後の浮世絵界の人々は、まるで示し合わせたように、誰一人としてこの初代浮世絵協会理事長のことについてはロをつぐんで語ろうとはしなかったのです。

三原コレクションは、ある記録によると昭和十八年頃に関西の浮世絵業者の元に渡ったとされています。昭和十六年の『浮世絵界』という雑誌では、今後の浮世絵界の発展のために自分のコレクションを、「所蔵はしてゐるが、秘蔵はしてゐない。今後も、出来るだけ機會をつくつてお目にかける考へである」と語っている三原に、いったい何があって、そのコレクションが業者の元に渡ることになってしまったのか……その戦時中の時代背景と、海外での生活が長く親米家《ヤンキッシュ》といわれていた三原の言動を合わせて考えてみると、そこには何かのちの人々が語れない悲劇があったようにも思われます。……これは、あくまでも私の憶測ですが。

いずれにしても、戦後、リッカー社長の平木信二氏が購入した時、重要美術品を多数含む三原コレクションは、長い間封印されていたために、浮世絵を包む畳《たとう》にはすでにシミが浮きはじめていました。

三原コレクションには、〈三原〉と名の入ったミミズクの形をした蔵印が押されています。ふつうは浮世絵の余白部分に押してあるのですが、余白のない作品には畳にミミズク印が押してあったそうです。戦中戦後の混乱をくぐり抜け、リッカー美術館に納められた三原コレクションの一枚一枚は、浮世絵本体にシミが移らないよう、このとき畳はすべて処分されたということでした。

『花鳥版画』の六図は、余白（マージン）のまったくない作品です。ところが、この六図は、畳ではなく……作品の裏にミミズク印が押してあったのでした。『MUSEUM』377号の小林忠氏の論文「伊藤若冲の版画」に、『花鳥版画』の裏の図が（馬連の跡が見られる、という参考図版として）掲載されていますが、たしかによく見ると、小さくミミズク印の跡が……！

遠い昔の人の声が聞こえたような気がすることがあります。

この六図の裏には、一枚一枚丁寧に表の絵に響かないような場所を選んで、ミミズクの蔵印が押されているという話を、平木浮世絵財団の佐藤光信館長から伺った時……なんとなく、三原繁吉の声を聞いたような気がしたのでした。

こうして三原の声に突き動かされるように……やっと少しずつ私の中で若冲や登場人物たちが動き出しはじめました。

それにしても、今、私たちが目にしている『花鳥版画』の裏に……三原はどんな思いで、一枚一枚に自分の名の入ったミミズク印を押したのでしょうか。長い歳月を経て、散逸することなく誰かの手で守られ愛されたからこそ、それぞれの作品は今、私たちの前にあります。同時に、人から人へと渡ってきた作品の流転の日々を思うと、私は、なんだかちょっとせつないような気分にもなるのでした。

さて、最後に少し種明かしをしておきましょう。

若冲は妻子がいなかったことになっていますが、その筆塚を没後の三十三回忌に建立した清房という人物が、なぜか若冲の孫と名乗っていることや、本願寺からの大金を着服した張本人とされる松下烏石の名が、相見香雨氏の「若冲の拓版画」という論文の中では、拓摺の名人の一人と記されていることは事実なのですが、天龍道人が竹内式部であるというのは、（一時、そのような説が流布したのはまぎれもない史実ではあるものの）本当の話ではありません。でも、資料の海をフラフラと漂っていると、こうした面白い〈事実〉にも〈嘘〉にも遭遇することがあります。それはまるで、嘘とまことがパズルのようにパチッとはまるような感覚です。

かつて若冲は西福寺で、「自分の絵が本当に理解されるのは二百年後のことだろう」という言葉を残したといいます。それは、若冲ブームの先駆けとなった京都国立博物館での「没後二百年　若冲」特別展覧会を予言しているようでもあり、また若冲のコレクターとして知られるアメリカ人のジョー・プライスさんの存在を暗示しているようにも思えてならないのですが、このプライスさんが、はじめて若冲と出会ったのはニューヨークの古美術店で、それはフランク・ロイド・ライトのお供で出かけていった時だった、ということを知った時も、私の中では虚構と現実が交差するような不思議な気持ちになりました。小説は虚構の積み重ねですが、嘘を重ねているうちに、ひょっこりと真実に近づくことはできないだろうか……そんなことを、ときどき思います。

今回はあえて参考文献は載せませんでしたが、主に参考にさせていただきました本と論文は次の通りです。

『若冲』狩野博幸（角川文庫）、『若冲』辻惟雄（講談社学術文庫）、『もっと知りたい伊藤若冲』佐藤康宏（東京美術）、『若冲の拓版画』山内長三、徳力富太郎、前川文夫（瑠璃書房）、『森銑三著作集』森銑三（中央公論社）「若冲研究序説」秋山光夫（『MUSEUM』245号）、「若冲の拓版画」相見香雨（『芸術新潮』一九五五年九月）、「信行寺の天井画と金刀比羅宮の障壁画」土居次義（『MUSEUM』245号）、「若冲逸話」南浦邦仁（『黄檗文華』126号）

また、讃岐弁につきましては高松出身の映画監督小松範任さん、京都弁に関しては、三条本田味噌の三輪芳弘さん、大阪歴史博物館の岩佐伸一さん、岡重の宮田亜矢子さん、京都大学職員の中島聡子さんに、また資料調査にあたりましては、日本郵船歴史博物館の脇屋伯英さん、京染工房〈中秀〉の中野政利さん、芸艸堂の本田正明さん、早光照子さんに、たいへんお世話になりました。

図版並びに資料提供に関しましては、川島織物セルコン織物文化館（現・川島織物文化館）館長の辻本憲志さんにご協力いただきました。また、前館長の松村隆史さんの特別なお取りはからいで明治期に作成された『紫陽花双鶏図』の綴織額を、有松での特別展示の際に見せていただいたことは、今回の小説のひとつの原点になりました。尚、このような綴織の壁飾のことを、作中では〈綴織壁飾〉、または（厳密には少し違うものなのですが）〈タペストリー〉と表記しておりますが、本来、川島織物セルコンでは、〈綴織額〉と表記しています。

お力添え下さいましたみなさまに、心からお礼を申し上げます。

最後になりましたが、小学館の矢沢寛さん、長い間辛抱強く待って下さって本当にありがとうございました。

※人物の所属・肩書は、単行本執筆当時のものです。

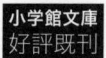

鍼師おしゃあ
幕末海軍史逸聞

河治和香

幕府の命により、瀬戸内の漁師から水夫となった古川庄八。おしゃあは、診察をきっかけに親しくなる。庄八は、オランダ留学を経て次第に海軍の要職を務めるようになるが…。江戸っ子鍼師の一途な恋の行方を描いた幕末明治一代記。

――本書のプロフィール――

本書は、二〇一六年九月に小学館から刊行された同名の単行本に、加筆改稿して文庫化したものです。

小学館文庫

遊戯神通《ゆげじんづう》 伊藤若冲《いとうじゃくちゅう》

著者 河治和香《かわじわか》

二〇二〇年六月十日 初版第一刷発行

発行人 飯田昌宏
発行所 株式会社 小学館
〒一〇一-八〇〇一
東京都千代田区一ツ橋二-三-一
電話 編集〇三-三二三〇-五八一〇
販売〇三-五二八一-三五五五
印刷所――大日本印刷株式会社

造本には十分注意しておりますが、印刷、製本など製造上の不備がございましたら「制作局コールセンター」(フリーダイヤル〇一二〇-三三六-三四〇)にご連絡ください。(電話受付は、土・日・祝休日を除く九時三〇分~一七時三〇分)本書の無断での複写(コピー)、上演、放送等の二次利用、翻案等は、著作権法上の例外を除き禁じられています。本書の電子データ化などの無断複製は著作権法上の例外を除き禁じられています。代行業者等の第三者による本書の電子的複製も認められておりません。

この文庫の詳しい内容はインターネットで24時間ご覧になれます。
小学館公式ホームページ https://www.shogakukan.co.jp

ISBN978-4-09-406782-8